INK INK INK INK INK
INK INK INK INK INK INK
INK INK INK INK INK
INK INK INK INK INK INK
INK INK INK INK INK
INK INK INK INK INK INK
INK INK INK INK INK
INK INK INK INK INK INK
INK INK INK INK INK
INK INK INK INK INK INK
INK INK INK INK INK
INK INK INK INK INK INK
INK INK INK INK INK
INK INK INK INK INK INK
INK INK INK INK INK
INK INK INK INK INK INK
INK INK INK INK INK
INK INK INK INK INK INK
INK INK INK INK INK
INK INK INK INK INK INK
INK INK INK INK INK
INK INK INK INK INK INK
INK INK INK INK INK
INK INK INK INK INK INK
INK INK INK INK INK

NK INK INK INK INK INK IN
K INK INK INK INK INK INK
NK INK INK INK INK INK IN
K INK INK INK INK INK INK
NK INK INK INK INK INK IN
K INK INK INK INK INK INK
NK INK INK INK INK INK IN
K INK INK INK INK INK INK
NK INK INK INK INK INK IN
K INK INK INK INK INK INK
NK INK INK INK INK INK IN
K INK INK INK INK INK INK
NK INK INK INK INK INK IN
K INK INK INK INK INK INK
NK INK INK INK INK INK IN
K INK INK INK INK INK INK
NK INK INK INK INK INK IN
K INK INK INK INK INK INK
NK INK INK INK INK INK IN
K INK INK INK INK INK INK
NK INK INK INK INK INK IN
K INK INK INK INK INK INK
NK INK INK INK INK INK IN
K INK INK INK INK INK INK
NK INK INK INK INK INK IN

INK

文學叢書

148

晚晴

劉大任◎著

目次

輯二 生老病死

輯三 園林山水

輯五

時事家國

自序

劉大任

　　這本集子共收近一年來寫的五十篇文章，現按文章性質，匯爲五輯，分別標題如次：浮世家常；生老病死；園林山水；天涯行旅和時事家國。平常喜歡的題材如高爾夫球和其它運動項目，因計劃單獨出書，沒有收錄。

　　讀者也許注意到，上述五輯的次序安排似乎有違常規，天下大事居後，生活小事在前，難道又要標新立異？其實，這樣做，毫無革命意圖，配合文章的內容和風格，略示當下心境，如此而已。讀者或能因此大事看小、小事看大，於願足矣。

　　最後校訂時又仔細讀了一遍，發覺自己無論寫什麼，怎麼寫，從政治社會到鳥獸蟲魚，從哲學宗教到雞毛蒜皮，字裡行間，總透著些老氣橫秋的味道。唯一慶幸的是，這股「老氣」還不算太酸，也不怎麼衰頹，有時且費勁鼓勵，勉強作出「老當益壯」的姿態，雖無足以傲人之處，尚可自勵。恰好前幾個禮拜應加州某銀髮族社團邀請演講，歸來後似有所感，遂寫了〈晚晴〉一文。看完這批稿子，立刻覺得這兩個字好像貫穿全書首尾，決定就用它做書名。

「晚晴」這個用語，不是我的發明，古人早就用它來表達一種不知老之將至的豁達情懷。不過，在現代人的生活裡，僅僅「豁達」還是不夠的。現代生活的挑戰，嚴厲、多面而且複雜，光是「看得開」好像不足以應付，敵人越是狡猾，我們越需要武裝起來。舉個最簡單的例子，年紀大了，體能衰退，病痛難免，這是每個人都不能躲避的。現代人面對這個問題，不能用「豁達」過關，必須把自己武裝起來，在財務準備、心理建設和生理知識等各個方面迎敵。因此，在這樣的陣仗中，如何立於不敗之地，如何在四面楚歌的圍困中維持「晚晴」的心境，就不那麼容易了。

我這麼說，而且大膽用「晚晴」做書名，並不表示我已安然過關，坦白說，我不過是試圖通過這一年來生活裡的點點滴滴，進行一些必要的演習，算是將來面對「大限」的預備工程吧。

跟許多人不同的是，我很早就自願選擇無神論作爲安身立命的基本理念。不過必須澄清一點，我的無神論所排斥的「神」，特指那種「超自然的、創造宇宙萬物的人格神」，對於像愛因斯坦等思想家窮盡宇宙奧祕、審察人類思維局限之後所推論的「非人格神」，我也只能無言以對。

就我這種無神論者而言，既無「外力」可以依靠，就一定要設法自己解決人生遲早必須面對的各種大大小小的問題。天性豁達是無濟於事的。而且，解決必須趁早：體魄自然變弱，解決能力也必隨之下降，則不免心有餘而力不足矣，所以，越早越好。

我說過，這些文字只是我個人的演習，絕非範例。每個人都應該開墾自己的田園，我提供的，無非是或許相關的素材罷了。

最後，我要藉此機會感謝《壹周刊》的黎智英先生和董成瑜女士，沒有他們的支持鼓勵，我不可能堅持五年半每星期一篇從未間斷的寫作。印刻出版社的初安民兄，在出版市場低迷、文學尤其不景氣的今天，仍然砥柱中流，冒險出書，令人肅然起敬。江一鯉小姐和丁名慶老弟協助安排編輯作業，在此一併致謝。

二〇〇六年十一月十八日寫於紐約無果園

輯一 ● 浮世家常

人越老夢越小

宋詞裡有個挺雅的詞牌，叫做〈如夢令〉，相傳爲後唐莊宗首創，內有「如夢，如夢，殘月落花煙重」句，樂府遂以「如夢」兩字作爲曲名。音樂風味如何，今已失傳，不得而知，但從文字上想像，應該不脫「人生如夢」的感傷。李清照寫〈晚春〉便選用這個詞牌，其中「綠肥紅瘦」四字，道盡了青春稍縱即逝的無奈。

不過，無論如何，「如夢，如夢」的疊句，蘇東坡也用過，基本上是一種歎息的聲調，相對於人生的無常，其實是相當溫柔的反應。人生眞正的悲哀，可能殘酷得多。前兩天，無端得一夢。

夢境平凡無味，夢後卻枯索終日，彷彿餘怒未消，又不免自覺無聊。

夢見自己到便利商店買菸，順便買了一只打火機。是那種用完即棄的廉價塑料打火機。半透明的橘色體腔內，可以看見液體燃料，雖然裝不了多少，但預計用上幾百次應該沒有問題，不料一包菸沒抽完，這兩元九毛九的打火機便罷工了。

這種打火機的設計，有一個優點，燃料著火以後，火焰維持上衝，因此，風雨中使用，不致有菸未點燃即遭風滅的懊惱。打火時，大拇指按住機體正面上推，食指按住反面下壓，兩根手指運用相當自然的相對力量，輕輕一搓，火苗便冒出來了。

然而，夢境中的這只打火機，搓不到十次，便發生了故障，無論怎麼使力，硬是推它不動。而我當時恰在球場上，剛發完一個無論是飛行弧度與力量大小都堪稱完美的好球，正是掏出菸來好好享受一下的最佳瞬間，卻變成了有菸無火四顧茫然的苦惱片刻。從發球台走向球的落點，大概有兩百五、六十碼的距離，這一段本應是輕鬆愉快的旅程，簡直比尿急找不到廁所還要難受。

夢還沒完。

我把打火機拿回便利商店，要求退貨換新。

印度裔的老闆用他肥嘟嘟的兩根手指輕輕一搓，藍中帶紅的漂亮火焰冒出來一吋多，經久不息。

「沒有問題嘛！」他說。

當他的面，試了幾次，確實毫無問題。不料，回到家，到院子裡巡視一下前幾天剛移植的一畦罌粟花，順手摸出一枝菸叼在嘴上，這打火機，又罷工了。手指皮都快搓掉了，就是不出火。

氣得一身冒汗，終於醒了過來。

就是這麼一個無聊的夢。

夢大概是與生俱來的人之本性。難堪的只是，往往人越小夢越大，人越老夢越小。

十幾年前，在北京參加的一次文學座談會上，見到了以〈組織部來的年輕人〉一文成名的王蒙。當時的王蒙已經不是組織部裡造反的年輕人了。他曾經在鄧小平和趙紫陽手底下當過叱吒風雲的文化部長，國際文壇上甚至有諾貝爾獎的提名呼聲。「六四」期間，大陸文學界不少人投入抗議示威的行列，屠城後，風聲鶴唳，人人自危。據說王蒙表現了風骨，稱病躲入醫院，文化界的清洗因為有他這種態度的變相保護，多能以「走過場」的輕鬆方式過關消災。我那次上北京是出於老友馬森的邀約。馬森給我打電話說：王蒙壓力很大，應該想辦法讓他見光。因此由素來熱心兩岸文學交流的郭楓（散文家，也是企業家）出錢，在北京、南京和上海辦三場文學座談會。

在當時的氣氛中，廣邀台、港、海外和大陸各地的作家談文學，顯然不可能談出什麼結果。眞正的意圖是突出王蒙的號召力，讓低氣壓下的大陸文藝界表現「國際影響」，把死棋做活。

所以，「文學座談」的具體內容根本乏善可陳，對文學沒有產生什麼影響，也就不足為怪了。不過，北京之會，我卻對王蒙留下了一個鮮明的印象。

記得是在一次討論之後的宴會上，恰與王蒙同桌，不知誰，談到了少年時代的夢。王蒙說：

「一生中最強烈最不能忘的夢就是革命，那比什麼戀愛、冒險都要刺激，都要過癮……。」

「五四」以後的少年中國人，只要有任何機緣，只要有一丁點兒條件，誰能不作這個春秋大夢？

別的不談，就談一談我自己身邊最熟悉的例子。

以現實環境和家庭出身而言，我父親是最沒有條件作革命大夢的人。他的父親是個虔誠的基督徒，從小，每天吃飯前都要禱告。父親的宗教信仰雖不十分堅定，但他的世界觀早已形塑成儒教化的有神論，與無神論的唯物史觀自然格格不入。家境清寒也嚴重約束了他的造反精神，現實讓他明白，順從現成體制是唯一的出路，革命造反可能連飯都沒得吃。

然而，父親生前，我們父子最後一次的交心對話，他卻向我透露，在他十五、六歲的青少年時代，曾經滿懷激情參加過共產黨的革命。

一生循規蹈矩，從來忠（國民）黨愛國的父親，居然參加過共青團，對我來說，的確超出想像。然而，父親說：「那有什麼奇怪，我的同學賀子貞，還嫁給毛澤東做老婆呢！」

那是個不可能不走極端的時代，大夢徹底控制中國。這星火燎原的夢，威力強大，無孔不入，席捲了千萬少年中國人的心，瘟疫一樣，統治著中國。而且，這個夢，一作就半個世紀，直到六、七〇年代的文化大革命來了一個規模空前（希望可以絕後）的全國總爆發，救國救民改造世界的夢，終於變成了一場夢魘。

父親的夢，總算來得猛也醒得快。他說他親眼目睹朱、毛騎著馬進城，不久就看到他們把他父親的教堂放火燒了，不能不嚇出一身冷汗，醒了過來。

我至今不明白，有過這個經驗的父親，爲什麼眼睜睜看著他青年期的兒子發高燒，夢想改造全人類，不但沒有規勸，反似暗中鼓勵？

難道是年紀日趨老大的父親，對於自己逐日變小的夢境，開始感到慚愧不耐，而換上喜悅驚奇的眼光，看兒子是否會因不同的選擇而有不同的命運嗎？

這個問號，縱然無法起父親於地下而問個明白，想到我眼見自己的下一代在事業上不免有些粗糙的「大手筆」而寧願保持沉默的心情，也就思過半矣。

晚春天氣，坐在後院陽台上，望著前面一片青草地出神。

忽然，夢出現了。一個不算大也不算小的夢。我在想，如果青草地上開鑿一個長方形的水池，池面布置高低錯落的睡蓮與荷花，水底荇藻宛然，又見天光雲影徘徊之中，有錦鯉斑斕成群。水池周邊，更何妨栽植黃旗鳶尾數葉，並配以白花玉簪若干……。

幾乎聞到撲鼻的清香了。

不過，今夜夢中，肯定也會有浣熊趁著月黑風高涉足入水捕魚並攪亂一池畫境的場面。

人雖老，夢雖小，這一個「愁」字，依然難得了斷。

冬至好尋春

人生恍惚如四季交替，春蠶方吐絲，秋蟲已淒鳴，冬至便是荒涼蕭索的開始。現代心理學家說，人生有四大劫難：喪親、離婚、失業和退休。如是，則退休就等於宣告寒冬逼至，彷彿一切都到了了斷的關鍵時刻，點滴生趣與良辰美景，全成爲過去，人活著，不過苟延殘喘罷了。

聯合國的養卹金委員會有個非正式的統計。退休員工死亡率最高的年齡爲六十至六十三歲，也就是正式退休的頭三年。有趣的是，一過六十五歲，死亡率陡然下降，另一個高峰就直奔八、九十歲了。這個統計點明了兩個現象：第一，人類平均壽命由於醫療技術與衛生環境的改進，確已大大超越古人，所謂「人生七十古來稀」的說法，已經過時了。如今只要懂得調養，九十歲也很稀鬆平常；第二，問題是如何調養，尤其是六十到六十五歲這道關口的心理適應期，由於習慣多年的生活方式遽然變化，有可能造成致命壓力，不可不嚴肅面對。

我認得的一位聯合國老同事，退休前兩年，工作態度特別積極，每天早到晚退不算，周末假日還主動將業務帶回家去趕工。當時大家只覺得這位老先生未免小題大作，甚至有人冷嘲熱諷，視爲「工賊」，因爲他一個人的業績如此突出，別人當然就相對給比了下去。可是，誰也沒想到，老先生退休兩年半，原來精力旺盛、身強體壯，忽然像縮水蔬菜一樣，變得委靡不振，不久就傳來了撒手西歸的噩耗。據說，老先生退休後，每天起床不知道如何打發時間，開始還經常跑去中央公園，漫無目的地四處散步，累了就坐在公園長椅上曬太陽。公園逛煩了，又改變節目，每天上現代美術館看電影。這樣的日子也沒過多久，就到處找碴尋人吵架。終於有一天出了事，在地鐵上被幾個黑人小青年狠狠修理了一頓，此後心情大變，說什麼都不敢出門。

老先生這樣的故事還不算最慘的，退休之後心情抑鬱、了無生趣以至於鬧到妻離子散、家破人亡者，亦時有聽聞。

爲什麼人事上本屬合理安排的退休制度反而對原應享受福利的當事人造成如此重大的心理打擊？追根溯源，應該往現代社會的基本結構裡去找答案。

現代社會號稱理性社會，而所謂理性社會，本質上只是人類生存活動組織化的結果，而現代文明創造的社會核心，事實上不過是根據數位計量追求最大效益和最高效率的所謂「官僚組織」（bureaucracy）。當然，這裡所說的「官僚組織」並不限於政府的各層各級單位，當今社會上的廣大私部門，從民間非政府組織到跨國大公司，都採用了這種層級森嚴的「官僚組織」結構。而創造這種制度的人類理性，無論怎麼看，都免不了出現盲點。當全世界以億計的人口被安排進這種免不了有盲點的結構裡面討生活的時候，悲劇的發生只是數量和比例大小的問題罷了。

人類平均壽命延長，加上人口增殖，社會要解決就業，機構要新陳代謝，原意甚好的退休制度，對部分不能適應的人而言，反而像是無情淘汰，退休變成了無情的殺手。

我再說一個故事。

因爲有點揭短的意味，不宜亮出眞名，就叫他老董吧。

老董是那種做事精打細算處世有板有眼的人，退休這點兒小壓力算什麼！早就籌畫好了。大家給他辦了個惜別歡送會，席上，有人虛心求教，想聽他談一談退休後的計畫。老董胸有成竹，說了三個字：第二春。沒有人知道這三字箴言的具體內容，他也絕不透露。大約半年之後，傳來這麼一個消息：老董上學去了，他本來是電機工程出身，現在又自費註冊，在某州立大學專修電腦的最新硬體設計。不到兩年，老董又一次成爲我們下午茶的熱門話題。這一次，消息來自他的老家福州。老董破釜沉舟，把他平生的積蓄加上他的退休金全掏出來投資，蓋廠房、雇人、買設備、訂材料，打點地方上下，成立了一家生產電腦硬體配件的公司。據說，老董找到的合夥人，不但經驗豐富，而且曾經在美國戴爾電腦公司（Dell Inc.）工作多年，各方面人頭熟，關係良好，因此，公司尚未開張，基本的行銷網路已經鋪好了管道。消息到了我們這裡，不要提大家有多羨慕了，早有人暗中設法跟他聯絡，打聽股票何時上市的行情……。

不用說，有那麼幾年時間，老董不愧是我們這批朝九晚五人物當中的第一號英雄人物。

不過，大多數人都有點自知之明，雖然心嚮往之，卻不敢冒險犯難。只有若干有理工科背景的人，同樣面臨著退休前夕的掙扎，日子過得忐忑不安。

老董的三字箴言結果應在不折不扣的美人關上。公司營運上了軌道，他的緊張心情開始放鬆。一輩子公務員的老董，生活一向簡樸，做了生意人，情況不同了，總不能不交際應酬吧。於是，清心寡欲的日子起了變化，老董出入風月場所的傳聞出現了，接著，機要女祕書變成了二奶，美國的老妻找律師打隔洋離婚分產官司，合夥人乘機挖牆腳，搶錢搶權，四面夾攻之下，隱藏多年的血管硬化症爆開了。

我們的英雄雖然有過多彩多姿的退休生活，命運卻比聯合國養恤金的最高死亡率統計好不了多少，過世時還不到六十六歲。

從上面的兩個例子看來，過猶不及似乎應該是標準答案了。

我的想法略有不同。

不妨以聯合國養恤金委員會的統計作爲參考，假定我們的潛在壽命是九十歲，這就意味著退休後還有整整三十年的時間。

三十年可不是個短時間。試想想，我們之中，從出生到三十歲，有幾個人知道活著是爲了什麼?從三十歲到六十歲，又有幾個人不是歪歪倒倒的，輕者鼻青臉腫，重者頭破血流?

六十歲到九十歲才是眞正的黃金時代!

父母多半已經不需要照顧，兒女也不再讓人心煩，事業可做可不做，戀愛早成回憶，婚姻的歷史任務業已完成，連最能擾亂人的性生活，都進入了可有可無的境界。至於國事天下事，未嘗不可關心注意，過度投入就大可不必了。總之，人生這彌足珍貴的三十年，豈不是自由自在、無牽無掛的鳶飛魚躍世界？

冬至才是尋春好季節，但春天不宜往四、五十歲的人生觀裡找，四、五十歲的人，逃不脫名利兩字。要徹底解放，得大膽向海闊天空處行去！

捨不得　放不下

孩子們想讓我們搬家，住到他們附近去。這個意思，明的暗的，表達了不止一次。老妻早就動搖了，只差沒有正式加入他們的聯合陣線。

我始終抗拒著。

老二行事一向曲折隱晦，他用的是軟功。最厲害的一招是裝病。一年前開始，每次回家過個週末，最後必以咳嗽、頭痛、失眠終。初期不察，我眞以爲這座老房子的確經年累月暗藏了太多的灰塵與黴菌，到了有害人體健康的地步。近半年來，老二的「病」，向哮喘發展。都快要不能呼吸了，這個「家」，怎麼能「回」？你們總不能不嚴肅考慮考慮吧！大抵是這個意思。

老妻於是有了一些念頭。何不趁本地區房地產尙未泡沫化的高價期，把它賣了，到他們附近找個小一點的房子，既省稅錢，又可把兩邊的房屋差價賺下來，作爲養老金。甚至，想遠一點，未雨綢繆，將來體力衰退時，小房子比大房子當然容易照顧得多，至少每次下雪，再不必勞動兩個鐘頭才出得了門吧。

這第三點是針對我的心理狀態的，因爲她知道，如果現在就說我「老」，肯定抗拒到底，因此「老」字不能直接用，代替「老」的字，前面一定要加上「將來」兩字。

我沒有看透老二的細膩用心。房屋老舊失修也是事實，於是加倍投資，雇人打掃清理，又將全屋子的所有地氈掀掉，換上硬木地板。天花板上面有保溫用的五吋厚絕緣塑料層，四、五十年下來，有的地方已經變成了黑色，確實是蓄養黴菌的溫床，乃不惜工本，全部拆除換新。

如此，大刀闊斧的改革，總該杜絕老二不願回「家」的藉口吧！

不料事與願違，老二回到塵蟎與黴菌無從藏身的「新家」，依然「病」歪歪的，甚至宣布：「你們這裡，我沒法過夜，睡一個晚上，兩、三天都恢復不了……。」

我住的這個地方，從三、四月到十一、十二月，每年有八、九個月時間，空氣裡飄浮著各種各樣的花粉。臥房裡即使加裝了過濾器，也無法完全控制。還能怎麼辦呢？總不能把園子裡經營栽培了二十多年的花樹、灌木與露地草花全部清除，再灌上水泥吧！

何況，我不致笨到不明白，老二從七歲到十八歲上大學之前，有十一、二年的時間，就在這屋子裡生活。從前雖也偶有生病的時候，沒聽說活不下去呀！

現在的「病」，看來有意無意之間，是帶著「勸降」的意味的。

老大比較直腸子。

開始只是抱怨。每次回「家」，來回開車四、五小時，工作五天已經夠累了，週末又把這麼多時間浪費在路上。反正你們現在都退休了，搬過來吧。

這個邏輯，對抗起來，比較不費力。

你們有你們的生活圈，我們有我們的生活圈。搬到你們那裡去，我們現在早已習慣的生活圈，就得完全打破。朋友聯繫增加了困難，生活起居一切，又得重新布置。年紀到了這個時候，來日無多，現在搬個家，談何容易，也許兩、三年都適應不了，能夠如此豪華一擲，耽誤得起嗎？

雖然是直腸子性情，老大的固執脾氣，也一樣留有父親的遺傳。不過他比較開門見山。

「我計畫兩、三年內結婚。成家以後，不可能每隔一、兩個禮拜開幾個小時的車去看你們……。」

「……何況，也不能不面對現實，那麼大的園子，年紀大了，怎麼照顧？萬一生病了，我們住那麼遠，怎麼安排？……。」

老妻從此潰不成軍。我第一次感受到孤軍奮戰的寂寞與淒涼。

到了這把年紀，捫心自問：什麼最難？

很快就有一個答案：只要放不下，什麼都難。

相對而言，則只要放得下，也便沒有什麼難處。

可是，很快也便知道，這樣的一問一答，其實不過是個智力測驗層面的遊戲。

人生如何能以智力測驗來解決？

放不下的，究竟有些什麼呢？

想起了一部老電影。印度大導演薩塔耶吉・雷（Satyajit Ray）的《阿普三部曲》（*Apu Trilogy*）。

第一部是阿普的童年。裡面只有快樂與遺憾。沒有什麼「捨不得放不下」的問題。

第二部是阿普的青壯年。裡面有無意間得來的「幸福」，與突發事件打擊後，「幸福」忽然成空的現實。

第三部一整部電影，談的都是「捨不得也放不下」。阿普從中年離家出走，到老年浪跡天涯，一輩子悔恨交加，連最終的「覺悟」，也十分牽強。薩塔耶吉・雷的人生圖解，離不開一個「空」字。

反覆推想，我這個「捨不得也放不下」的大問題，終究只是面對「空」字而始終無意屈服也無從屈服的問題。

人的本性，其實相當實際。一面對「空」，便立刻要找「不空」來救濟。

這就進入了我無法進入的宗教領域。

再看看自己「抗拒」過程中不斷找來作爲武器的一些理由。

起居生活習慣了的環境裡，有些什麼捨不得放不下的呢？

仔細想想，還眞不少。

早晨七點便可以看《紐約時報》；想看電影，附近車程二十分鐘以內，至少有三十個電影放映單位（這裡的電影院，絕大多數分成五、六個以上的放映間，故同時有五、六個以上的選擇）；想吃韭黃、冬筍、螃蟹、田雞……，開車也不過四十分鐘；想打高爾夫球，三十分鐘以內，至少可以在二十個球場內找到適當的開球時間，而且，自從取得了資深權，半價優待……諸如此類，不勝枚舉。

而且，要好的、能談的知己朋友，電話一約，隨時可以碰頭。

除此以外，辛苦經營了二十幾年的庭園，至少有十棵花樹、二十棵日本楓、上百株溫帶杜鵑、以千計的露地草花，包括三十株牡丹與五十株觀葉玉簪……。每一棵每一株都有它們獨特的生活史，怎麼可能說搬就搬呢？

還有，醫生那裡，有差不多三十年的完整紀錄；方圓幾十里範圍內，什麼地方什麼時候停車不必花錢，腦子裡都有一本地圖……。

不要說搬家了，每次算這本帳，便像徹底攪翻一池清水，多少日子都無法恢復。

然而，再固執也不可能不明白，這本帳裡面，又有什麼，禁得住考驗、洗刷與淘汰？一切原就跳脫不了空無虛幻。搬與不搬沒分別。

那麼，歸根究柢，我如此堅決抗拒著的，也許並不是這種種牽腸掛肚的人、事與物。

持槍往前衝去，當面攔住去路，一架巨大的風車，上面隱約兩個字——時間。

沒人管的感覺

鄰居過來串門，聊著聊著便又回到他近日擺脫不了的話題：兒子遠走高飛了。兩老守著老窩，有點無所適從。他問我：

「你們中國人是怎麼處理這個問題的？」

他是第三代的義大利移民。照理，古羅馬文明的後裔，應該有他們深厚悠久的傳統可以依靠，碰到這個切身的課題，卻覺得也許古代中國文明早已發現了一些什麼辦法。

我坦白告訴他，兩千多年前的儒家確有過「父母在，不遠遊」的說法，不過，這個規條，早已失去了社會依據，我自己就是個破戒的活例。

他的獨子是我們從小看大的，一個性格內向說話行事都十分溫柔文靜的孩子。既爲獨子，不免給照顧得無微不至，怎麼可能想到，羽毛一旦豐滿，人生的第一個重要決定，卻透露著強烈的反叛意識。這孩子有點藝術天分，電腦又玩得精熟，他的專長是電腦動畫設計。研究所一念完，便有三家大公司來招聘。位於東岸佛羅里達州的「迪士尼世界」是他父母親的首選。合同條件相當優渥，加上迪士尼公司近年來同蘋果電腦創業主史提夫・卓布斯

（Steve Jobs）手創的Pixar公司密切合作，製作了幾部暢銷的動畫電影，兒子到那裡去打天下，不但前途無量，離家又不遠，兩邊來往，飛機兩小時左右便可解決，不料兒子卻選了個距離又遠又名不見經傳的小公司。

「奧蘭多（迪士尼世界所在地）是個好地方，我每年冬天都至少去一趟，如果你兒子選那裡，我們可以一道旅行，你們看兒子，我去打球，多好！」

我說這話，是表示同情，想緩和一下他的情緒，不料更刺激了他的心痛。

「把希望寄託在下一代身上，實在愚蠢不過！」鄰居的感慨朝深處發展。

「換個角度看看吧！」我說。但他依然陷在孤獨的世界裡。

「我現在終於明白，他們WASP爲什麼對小孩那麼冷酷了……。」

WASP是White Anglo-Saxon Protestant的縮寫語，「盎格魯—撒克遜新教白人」的簡稱，恰好與「黃蜂」一字同拼法。他們是美國「最優選」的民族，義大利人屬於美國移民的第二、第三波，中國人大概是第七、八波之後了吧。異族用「黃蜂」一語稱呼，自然含有貶意，但新大陸雖由義大利人哥倫布「發現」，實際占領這塊土地的卻以「黃蜂」爲主，移民的先來後到，區別了各族移民在美國的不同社會地位。雖然號稱爲各民族的大熔爐，但異民族之間的文化隔閡，歷時數百年還是不可能完全消除。鄰居對「黃蜂」兩代關係的評語，不過是現實生活中最習以爲常的歧見罷了。

我從有了自己的下一代開始，便注意到各民族培育下一代的哲學，頗不一致。

「黃蜂」族對自己的小孩，表面看來，確實有點「冷酷」。他們通常的做法是，從嬰兒期開始，絕不驕縱。從小與大人分床而眠，決定每晚八點送上床，絕對嚴格執行。嬰兒房關了燈，閉上門，無論嬰兒如何哭鬧，做父母的從不妥協，不可能像中國人一樣，以三代同堂為家庭幸福的指標，小孩從哺乳時代始，一直到托兒所年齡，總是背著、抱著、哄著，任由小孩養成以哭鬧威脅達成目的的習慣。

在家族觀念方面，義大利人跟中國人有點像，喜歡大家族，愛熱鬧。他們的肢體語言，比中國人更親密。不分男女老少，親吻、擁抱是家常習俗，全家抱成一團，是他們最快樂的時候。

而大多數「黃蜂」族的規矩，截然不同。孩子上學以後便開始實施責任制，給孩子開個銀行帳戶，鼓勵他們在課餘、週末和假期內打工賺錢，存大學的學費和生活費。黃蜂族的孩子們都知道，父母的支持，高中畢業就告一段落，以後都得自力更生。這個習慣，不要說中國人、義大利人，連猶太人都做不到。

我的鄰居，前些天剛從西海岸飛回來。兒子上任去，父母雙雙陪同飛去西岸，整整待了兩個禮拜，一直到兒子熟悉了新環境，給他租好公寓，買好汽車，添置全套家具和廚房用品之後，才依依不捨飛回老窩。

在我認識的旅美華人圈子裡，不論來自台灣、港澳、星馬或大陸，對下一代的態度，跟我的義大利芳鄰，大同小異。因此，朋友見面，談到這個問題，往往也以「孝順」兒女自嘲，但既然大家都習慣這麼做，這種自嘲是不含任何抗議也沒有任何反省的。可是，近年來，不少朋友遇到了相同的經驗。首先，兒女們選大學，家住東岸的喜歡選西岸，西岸的則選東岸，彷彿離家越遠的越理想。其次，大學畢業以後求職，我們的下一代，也多少遵循同一模式。

他（她）們爲什麼迫不及待，只要有能力，便想離開我們，而且，越遠越好？

鄰居問我：你是第一代移民，你告訴我，當初你決定到美國來，究竟是什麼動機？

這個問題，老實說，眞是從沒有仔細想過。

我成長的那個時代，正是出國留學高潮，那是一種雖不正常卻被公認爲正常的社會風氣。那種價值觀的反常程度，到了不出國便可能自覺矮人一等的地步。出國之後，爲了生存，不能不走冤枉路，等到一切安頓，習慣也變了，性格也變了，人際關係更已不同，時光荏苒，終於走上了變相移民的不歸之路，到現在，回想當年出國的初衷，早已「此身雖在堪驚」矣！

我對我的鄰居說了一大堆振振有詞的理由，不外是經濟上沒有出路，政治上缺乏公義之類的大話。我想我的鄰居根本無法從我這些冠冕堂皇的「理由」中找到任何安慰，他帶著一個「失敗父親」的臉告辭了。

我這才警覺到，也許我自己並不十分誠實，或者根本沒有挖到這個問題應有的深度。

我給我兒子打了個深夜的電話，問他：前兩年，你離家出走，究竟是什麼東西，讓你非走不可？

他說：「你眞要知道答案嗎？」

我說：「你儘管有話直說，我相信我們都已度過那一關，可以讓眞理說話了……。」

他說：「那也好，本來以爲你們可能受不了的。其實，很簡單，就是不想讓你們管嘛！」

一下子豁然貫通了。

黃蜂族的祖先，不就是爲了那個「沒人管的感覺」，才登上「五月花號」的嗎？

義大利芳鄰的兒子，不也是嗎？

我自己呢？

雖然從沒跟我可憐的父母親坦白交代過，難道不是爲了追求這一點點人生必不可少的自由，毫不後悔地付出了莫名其妙的沉重代價嗎？

命運貼在電線桿上

人的命運，往往難倒所有的哲人。唯物主義者算不出來，唯心主義者也猜不出來，彷彿要告訴你，天上眞有一個什麼主宰。

我有一個遠房的堂姊，比我大十二歲，本來是鄉下莊稼人的女兒，卻一輩子跟她自己的家人沒什麼關係，倒跟我們家結緣一生。

堂姊到我們家時才十二歲，這個十二歲的年齡差，我很容易記住，因爲當時我剛出生。

事實上，堂姊所以會來我們家，倒是跟我的出生，沒有太大的關係。

那還是對日抗戰期間，父親在江西省政府建設廳擔任技正。所謂技正，是那個時代的一個特別職稱，按現在的說法，就叫工程師吧。

在省會南昌做公務員的父親，怎麼有可能收留一名既不識字又沒有任何工作能力的十二歲鄉下女孩呢？

這就只能說是由於命運。

而這個命運，是戰爭造成的。

一九三八年的冬天，日軍的勢力逐步從中國沿海侵入內陸，江西省會南昌的省政府決定疏散。南昌離長江不遠，其北的九江即爲長江上的一個港埠，敵軍艦艇可以由水上運兵，沿江上溯，南昌便暴露於水陸兩面的包圍，無險可守，不撤不行。

江西省政府先遷中部的泰和，後遷南部的贛州，在這個流亡過程中，父親帶著新婚不過三年的妻子，在流亡中途，返鄉一行。

我們的老家，離泰和不遠，但位於贛西貧困落後的山區。那幾年，戰爭倒是十分遙遠，影響不大，但旱澇無收，早已到了民窮財盡，人不聊生的地步。

根據母親的回憶，那天正是動身往泰和的路上，到了堂姊家的村子，父親往劉家祠堂去拜別，遇到了一個難忘的場面。

堂姊的父親跟我父親是遠房兄弟，吃過了中飯，正要辭別，忽然一家老小，跪在祠堂地上。無論父親如何攔阻，都不起身。

「這孩子你不帶走，遲早也餓死，不如我現在就捏死她，給你送行……。」

在抗戰流離不定的日子裡，自己的命運都不知走向何方，再帶上一個十二歲不大不小的女孩，父親當時的爲難，可以想像。

然而，又不能見死不救。

堂姊因此成了我們家的一員。不僅我是她抱大的，我下面的五個弟妹，都是她協助母親照料長大的。

十二、三年之後，我們家住在台北市的臨沂街某巷，當時叫做「幸町七條通」。通頭通尾，都是政府公務人員的日式宿舍，大部分是本省籍，小部分是外省人，但大家都能守望相助，和睦往來。

堂姊的人緣特別好，家務事心靈手巧之外，人又熱心，七條通裡的每一家，無論老小，沒有人不和她好。誰家有些忙不過來的事，只要母親點頭，她都去幫忙。那個年代，還沒有做事要求報酬的習慣，叫做禮尚往來。而堂姊收到的最大的回報，就是她自己的成家。

斜對門有一家寧波人，給堂姊介紹了我們後來的堂姊夫。姊夫也是寧波人，在基隆招商局的輪船上做輪機手，做人忠厚老成，兩人約會多次後，終於成親。

我還記得到基隆吃喜酒的那天。記得最清楚的是一盤炒鱔糊，因爲那是當時十二、三歲的我，一輩子從沒吃過那麼好吃的鱔糊。堂姊和母親做的都是江西菜，江西人處理鱔魚，顯然不如寧波人。然而，不到兩年，我們到堂姊家做客，已是滿桌寧波風味的酒席菜了。

一九八七年，我陪父親回到他一別四十年的老家。屋子裡經常圍滿了鄉親，但堂姊最親的家人，已經一個不存。倒是還有人記得她，詢問她的近況。

「一子二女，三個人都大學畢業，老三還是留學生呢！她現在跟二女兒住在加拿大，女婿是核能物理博士，在核電廠工作，買了房子，兩部汽車，還有一個長孫……。」

父親說完，滿屋子的人都沉默了，只有一位白髮蒼蒼的老先生感歎：「唉！我早就看出來了，她跟別的孩子不同，天生的龍鳳命啊！」

父親後來悄悄告訴我，這位老先生，是當年逼債逼得最凶的一個。如果不是他逼，堂姊的父親還不至於走投無路，她也不可能到我們家來。

還有一個龍鳳命的故事。

內子的三叔，是他們家族裡流傳已久的死裡逃生神話。

一九四九年的秋天，共軍幾乎已經席捲了大江南北，只剩下四川、兩廣和雲南、貴州的部分地區，勉強還有些抵抗力量。北方的難民，通過各種劫後的交通工具，向這些殘山剩土，潮水般湧來。

我的岳父是位醫生，那個時代的醫生，是中共極力爭取的對象，完全用不著逃難，但由於他在抗戰期間，參與領導過國民黨在東北敵占區組織的抗日游擊隊，戰後又當選國大代表，這個特殊的經歷與身分，不逃便是死路一條。

岳父帶了一家大小，從關外跋山涉水，一路逃到貴州。在貴州做了幾個月的醫生，又爲形勢所迫，最後逃到了廣州。

當時的蔣介石，已經決定「復行視事」，把大軍和中央銀行的黃金，全部集中到「寶島」台灣，準備以這裡作爲最後的基地，憑藉台灣海峽天險，負嵎頑抗。

爲了在台灣重建一個「完整」的政府，蔣派出飛機軍艦，負責將國大代表和立法委員等「民意代表」優先送往台灣。岳父一家因此得以倖免於難。

臨行前幾天，因同鄉傳說流亡學生身分的三叔也逃到了廣州，可是兵荒馬亂，無從聯絡，遂在大街小巷的電燈桿上，廣貼尋人啓事。後來成爲中華民國海軍軍官的三叔，便是因爲這種因緣，才有可能逃到台灣。

在戰爭離亂的世界上，一個像螞蟻一般微不足道的人，在千千萬萬同命運的人當中，在短短幾十個小時的夾縫裡，在貼滿了無數求事、尋人和廣告的電線桿上，發現自己的名字因而扭轉自己一生命運的機率，就是最唯物主義的天才數學家，也無法準確計算。同樣，唯心主義者，即便扯上心電感應，也說不清這個道理。

所以，「命運」這兩個字，是人類無法以已知因素推斷未知結果時的代用語。「龍鳳命」的正確解讀，應該看到這萬分之一或百萬分之一以外的每一個活生生的個人，被殘酷消滅的事實。

主張革命建國的人，是從來不看這種事實的。

稿紙一萬張

兒子來了電話。

「你要的稿紙印好了，總共一萬張，夠不夠？」

一萬張稿紙，以我目前的寫作需要估計，連寫信、寫札記和其他一應雜用包括在內，就算一年一千張，也要十年才用得完。我還有幾個十年呢？

稿紙用的是我習慣了的那種薄白報紙，印有淺藍底格，每頁約兩百五十格。紙張比一般通用的電腦打印紙光滑，卻更爲堅實，因此成本略高。淺藍底格的設計，不但照顧到中文寫作時有格可循，還有個好處，傳眞時，只見字不見方格。這就要求在印刷過程中將方格的顏色控制得恰到好處。兒子的印刷廠，草創至今，從傳統的老技術設備，發展到現在的全部數位電腦流程，早已不適合做這種簡單卻人工化的業務。爲了迎合父親的需要，他可能傷了些腦筋。我看到成品時，覺得正合孤意，因此也聯想到，可能花了些額外的成本吧？遂問：

「我欠你多少？」

兒子是這樣答覆的：「不用提了，我們欠你的，何止百萬！」

這話影射的，卻是歷時十年以上的艱苦創業過程。

雖然讀的是常春藤名校，但畢業的時機不對。初闖社會那幾年，恰逢美國經濟不景氣，命運是頗爲坎坷的。

常春藤大學部的畢業生，尤其是主修英國文學的，一向是大公司極力爭取作爲經理級幹部培養的最佳對象。這種出身的年輕人，往往是美國公司文化的基礎，道理很簡單。第一，文學素養夠，因此培育了豐富的想像力，眼光胸襟也都高於常人，是做領導的上上素材；第二，雖然缺乏大公司的專業知識，但這是優點，不是缺點。正因爲他們是通才，可塑性高，適當培養之後，還能保持原創力，對公司的發展而言，往往有意想不到的奇效。

然而，經濟衰退的年代，大公司裁員都來不及，那裡顧得上吸收新人呢。

往年，常春藤大學英語系的學生，大二、大三就被大公司羅致了。那是他們選公司不是公司挑人的時代。兒子畢業的那年，提了兩個箱子回家，過了一段灰色暗淡的日子。

一百多封求職信寄了出去，百分之九十九石沉大海，即有回信，也只是安慰鼓勵，連面談的機會都沒有。

也有過雄心萬丈的時刻。

十幾年前，他就覺得NBA這個產品，應該可以朝國際發展。那是美國籃壇上黑人剛出頭，歐洲或外國球員屈指可數的階段，他已經看見了全球化的NBA前景。他向剛上任不久的NBA總監大衛．史登（David Stern）毛遂自薦。他覺得他有能力幫史登把NBA的業務推向亞洲、歐洲和拉丁美洲。他的理想，NBA目前正在實現，但這個過程裡，沒有他的份。

家裡蹲了將近一年，最無望的時刻，甚至動腦筋上社區小電影院去求職。老闆說：

「你的資格，超出標準太多，我們不敢用！」

最後在《華爾街日報》的徵才欄上找到了一份工作。

那是一家介乎作家與出版社之間的中介經紀公司，專業是「驚悚小說」。公司雇用了幾十名「讀書人」。這些職業「讀書人」的工作就是詳細批讀「驚悚小說」作者寄來的稿本，按照他們的專業經驗提出修改意見，審查合格的稿本則向此類專業出版商推薦。合同簽訂成功，公司抽佣或分享利潤。

兒子成了廉價暢銷「驚悚小說」的專職「讀書人」，每天讀爛小說讀到頭昏腦脹，情緒低落，而薪水的一半以上，只能與朋友合租一間六疊榻榻米的小公寓。

爲了應付紐約曼哈頓的驚人生活消費額，兒子求助於我，他說他反正年輕力壯，什麼工作都能幹。我把他介紹到一位開印刷廠的老朋友那兒去打零工。

每天下班後，簡單吃個三明治，又上印刷廠幹六個小時。

不料這著無心插柳的棋，後來竟促成了他的事業。

他有個大學同窗好友，畢業後也跟他一樣，找不到合適的工作，便從家裡拿了些資本，在普林斯頓校區附近，開了家影印服務加影帶租賃店。

兒子看到了一些前景，辭掉了曼哈頓的苦工生涯，開始跟他的朋友合作。

第一步走得還算成功。利用自己的校友身分，他們到母校活動，經過兩、三年的努力，終於將普林斯頓大學的教授講義和學生論文兩種印刷品業務幾乎全部壟斷。

有個朋友的女兒，那年碰到，恰好是普大二年級生，對我說：「哇！那個黑店，原來是你兒子開的！」

講義的賣價奇高，確是事實。但她不明白，教授們編的講義，材料來自其他書籍和期刊，每篇作品都必須通過版權交涉並付出代價不低的版權費。

慘澹經營三、四年之後，略略累積了些資本，除了添購設備，年輕人的野心開始作祟了。

那是併購成風的九○年代中後期。這兩個普大畢業生，讀了幾本這方面的理論書，也決定要走這條路線。

紐澤西州首府川騰（Trenton）的城市邊緣地區，有一家原爲番茄醬製造廠改裝的老式大印刷廠。廠房面積不小，並有全套照相、印刷、裝訂和包裝流程設備。

可是，這家印刷廠的設備是專做所謂「垃圾郵件」（junk mail）印刷品的。今天看來，原應是夕陽工業，但從當時的業務量和利潤率紀錄評估，似乎是個不錯的投資。

原創辦人是四名科班出身的老狐狸，合同訂得嚴絲密縫，連他們的退休養老和醫療保險都照顧得無微不至。

這個膽大而心粗的併購計畫，把兩名常春藤菁英整慘了，時運又不濟，碰上了網路發燒，垃圾印刷備受打擊。整整有七、八年時間，公司從盈餘走上虧損，又從虧損走上負債。幸好他們並沒有放棄普大校區的老窩，這個老窩反而逐步發展成數位印刷、電腦製圖和網站設計服務的時代寵兒，業務蒸蒸日上，只不過，好幾年時間，老窩的利潤都得用來填那個不斷虧蝕的無底洞。

這兩年，通過無數官司，終於擺脫了那家夕陽工廠。創業的老窩，也逐步發展成廠房萬呎、員工倍增的現代化小企業。

「欠你何止百萬」之說，當然是兒子尚未完全消失的文學誇張。我不過在他們青黃不接時偶有接濟罷了。

兒子還有一句話，卻更不容易承受。

「爹地，你這輩子的稿紙，我都包了，十萬張、百萬張，隨時供應！」

可是，你自己呢？老爸送你去普大讀文學的夢，還有未來嗎？

農家菜

做母親的，怏怏不樂，兩、三天了。

根據長期抗戰的經驗，我知道這時候追根究柢，不但無法查明案情，恐怕還得碰一鼻子灰。所以，明哲保身，佯作無知，以待河清。

果然，兩、三天之後的那次晚餐上，有人主動說話了，火氣還滿大的。

「居然說我做的是農家菜！以後回來，就請他們自己去叫披薩餅……。」

原來如此。

兩、三天前的那個週末，兩個兒子難得回來一趟，做母親的一時高興，特意烹製了四盤家鄉菜：木須肉、銀芽雞絲、芹菜豆乾牛肉和韭菜炒蛋，並大張旗鼓，親手揉麵，焙烤了一疊春餅。這道春餅，與普通菜館使用的墨西哥麥餅風味懸殊。麥餅乾巴巴的，入口像死麵糰，又缺乏韌性，菜都包不住。東北人做春餅，一撕兩頁，又薄又Q，加上甜麵醬與蔥白，口感極佳。

我開了一瓶納帕谷的名產，羅勃特．蒙塔維酒廠二〇〇一年的Cabernet Sauvignon。這瓶紅酒算不上什麼奢侈品，市價三十美元左右，但我發現它配中國家常菜效果不差，家裡經常留個幾瓶。

做母親的，搬出了看家本事，當然是爲了討兒子歡心，不料兒子衝口而出：「Peasant food, again!」（又是農家菜！）

去年聖誕節，做母親的收到一份小禮物，兩本食譜。一本義大利麵食，一本法國點心。似乎暗示：美國住這麼久了，該學學人家的文化了。

兩本食譜，如今都擺在廚房堆雜物的櫃子裡，至今仍未開封。

爲了安撫受傷的心，我上網查資料，在一個免費小百科網站裡，找到了「農家菜」的一條新鮮定義。

「農家菜往往是非常可口的烹調法。有經驗的廚師利用祖祖輩輩傳承下來的創新和技巧，把廉價的材料調製成美味。這種菜式往往被其他文化尊爲少數民族特產。而少數族裔的後代，即便在他們的收入遠遠超過窮人水平後，仍然把這些菜式視爲自己的珍貴文化傳統而熱愛之……。」

像這樣的信息，即使住在同一個屋頂下，還是不便當面陳述，於是，我送了一則電郵。當然，不得不隱瞞資料的來源，因爲小百科這一條的原始定義是這麼寫的：

「農家菜或稱窮人菜，有時還包括一些傳統菜，爲某一特殊文化的菜式，通常利用便宜和手頭方便的各種素材，加上味道強烈的調味品，使之更易入口。農家菜通常是窮人的食品。」

如今世界各地通都大邑都已流行而食家趨之若鶩的四川麻辣鍋，其最早的起源，卻正符合上面這條原始定義。據說重慶一帶由於濕度高，人不容易流汗，碼頭工人遂發明了他們的「一品鍋」。四川的花椒特麻、辣子特辣，這兩種材料大量放入高湯裡，任何材料丟進去烹煮的結果，最後都只剩下觸感。一片麻辣統治的味覺之中，不同材質和筋絡製造的不同觸感，在人體的大汗淋漓中，何其痛快！除濕驅寒，不過是附帶的效果罷了。

我倒是並不擔心母子之間因爲這一誤會而有任何後遺症。我也有我自己的體驗。

小時候的家常菜裡面，最痛恨的是蘿蔔絲炒牛肉絲，因爲每天的便當裡都少不了它。這個菜，不但做起來方便省事，而且花不了幾個錢。那時家裡窮，牛肉貴而蘿蔔賤，所以牛肉絲的作用基本上是調味。母親每次用五、六個大蘿蔔，切絲後大火煸炒，起鍋前才將帶醬汁的牛肉絲拌入，一大鍋分成五、六份，供每個孩子兩、三天的便當使用。

出國多年，離家日久，尤其母親過世後，不料最懷念的卻是這道當年恨之入骨的便當菜。

自己掌廚才發現，要複製記憶中的味道，並非易事。蘿蔔絲吃起來總是有點水水的。這一「水」便引人不快，因爲不但觸感不對，還帶著蘿蔔的青澀和土味。牛肉絲也彆扭，加芡保嫩則肉味不醇，乾炒過火又像發霉的牛肉乾。母親如何將牛肉與蘿蔔之間那種似乎與生俱來的「絕配」製造出來的祕密，卻是在多次實驗與一次意外中死而復生的。

多次實驗後發現，牛肉下鍋之前，要加大量白胡椒粉，此外，要有耐心和決心。油必須等到冒煙再燒到煙盡油色純淨，才將牛肉下鍋。而下鍋翻炒的動作要快，稍有變色即起，才可能外燥內潤。

蘿蔔絲的口感要掌握川菜乾煸的技巧。那天事有湊巧，妹妹打電話來，她說在唐人街買到一隻帶血的仔鴨，問我還記不記得母親是如何做那道家鄉菜「炒血鴨」的。電話講得忘了時間，事後卻發現，鍋子裡的蘿蔔絲烤出的水都差不多乾了。沒想到，這個小小的意外，卻將當年便當菜的原味喚回來了。

農民菜跟母親之間的微妙聯繫，我還有一次難忘的經驗。

這事就發生在今年九月的絲路旅行。

上午遊鳴沙山和月牙泉，兩個早已爲人母的妹妹彷彿回到了自己的學生時代，興致勃勃，緣便梯攀登百呎沙山，又膽大包天，乘沙橇飛速滑下沙崖。緊張刺激的返老還童活動，也許是打通情感關節的契機，因爲，那天的午餐，我看到兩個兒女已經成人的妹妹，像孩子一樣，流下了眼淚。

旅行社安排我們到敦煌近郊一家農戶去吃「農家菜」。

菜式不重要，大抵也經過觀光業的改造，原味盡失了。不過，飯後卻有一場餘興節目。這個賺觀光錢的農家，請來了一個當地的民樂團，爲我們演唱民謠小調。

說實話，甘肅農村的民間樂隊，水準不怎麼樣，尤其從前聽慣了郭蘭英，比較之下，節目便顯得不怎麼動人。

然而，兩個妹妹忽發奇想，在點唱的紙條上寫了幾條周璇的歌。開始，攝影機後面的我，先看見兩個妹妹的眼睛濕潤了，接著，她們的臉部表情，彷彿不可約制地扭曲起來。再下去，我把鏡頭轉到唱曲的婦人臉上，驚異地發現，她們都在流淚。

周璇的歌，是母親生前的最愛，妹妹的眼淚，是不難理解的，因爲我自己也感覺，胸部有點異樣的酸軟。唱曲的婦人，爲了什麼呢？

每個人都在自己的歷史裡，留著一些不可捉摸的痛點，機緣湊巧，便暴露了。

二十年之後，我相信，兩個兒子必然也會在某一時刻，搜索枯腸，追尋他們的夢中殘留，爲了春餅的再生，做他們的實驗吧！

兩張老照片

聖誕節前，收到少聰從加州寄來的賀卡，卡片摺層裡夾著兩張老照片，少聰說明了它們的來源：

「有天在陳太太那兒看到，覺得很有意思，特別拷貝了一份給你……。」

陳太太指的是我們的師母，陳世驤老師的夫人。照片的背景是室內。但究竟是誰家的「室內」，記憶已無法喚回。我推斷就在陳老師家裡，因爲落地杜燈的照明下，茶几上，插著一瓶紅玫瑰。平面望見的數數，已有十六朵，把可能遮去的算在內，應該是兩打長枝切花配上綠葉與滿天星之類的職業花商提供的昂貴花束，絕不可能是我們窮學生家裡供養的了。

照片看來是師母用當時已經上市的所謂「傻瓜」照相機拍的。邊緣空白處印著日期：一九七〇年八月。

我的頭髮也恰好印證著這個日期，不長不短，居然看見耳朵。這是保釣運動引爆前大約三個月左右，火紅激進年代的前夕。

那段時期，我已拿到碩士學位，並從二十五位競爭者中脫穎而出，選入系方決定培養的博士班。生活上，陳老師安排我在當代中國研究中心任職，也有了保障。衣食足而知榮辱，這條規律應用到我身上，所激發的卻是一種不顧現實安危的理想主義情操。我跟一些朋友祕密組織了讀書小組，研究學習中國現代發展歷程中那一段被政府當局全盤抹殺的歷史斷層。又同張系國討論，分頭發展「組織」，成立了「大風社」。

陳公卵翼下的那一批年輕人，思想上的分歧，其實已經暗中滋長，但誰也沒有知覺。

少聰與葉珊（我們習慣叫他葉珊或老王，不用他後來的名字楊牧）新婚未久，如花美眷，偶有齟齬，不失恩愛。他們的生活，與政治幾乎完全絕緣。

這是老照片後面的背景。

老照片的「老」，跨越了三十五年，少聰於是在賀卡上感歎：

「有時心裡不免一驚，我們眞的到了花果飄零之境了嗎？」

我看到的，卻是照片無意送來的一些訊息。

第一張照片有兩個人物。

我的上身穿著一件褐色長袖圓領毛線衫。這件毛線衫還有點面熟，是從救世軍的慈善供銷店裡以不到十分之一原價的方式弄到的二手貨。記得這麼清楚倒也不難，因爲除了內衣褲和出國前在萬華地攤上買來的一套西裝，其他的衣物絕大多數來自那裡。

我的腿上，躺在母親從台北寄來的一條金紅色的花被裡，是當時仍在襁褓中的小柏，嘴裡吸住我左手持著的奶瓶，黑眼珠幾乎占滿眼眶，望著他一無所知的世界。

三個月後，他的父親捲入一場風暴，並從此注定：他的童年，幾乎沒有任何玩具，跟他玩的，是家裡川流不息的叔叔、伯伯及阿姨。如今長大成人，小柏始終不明白，爲什麼小他幾歲的弟弟，總是比他手巧，似乎得到了當年爲張作霖開兵工廠的外曾祖父的遺傳因子。而他的弟弟小陽，也搞不清楚，爲什麼哥哥在處理人際關係上，總是比他考慮得更加周到。

另一張照片的訊息更要複雜得多。

照片裡有三個人。但彼此的眼光，沒有交集，分別對著不同的方向。

圖右的唐文標，穿著白襯衫，前額上照例有團亂髮，露齒似笑的嘴，彷彿永遠在找人辯論交談。

圖左的郭松棻，戴著他的黑框眼鏡，架著二郎腿，上身放鬆，躺在沙發裡，眼睛望著上方。這是他一輩子的永恆視角。在我所有交往過的朋友中，松棻大概是唯一一個長期焦慮著形而上學問題的人。「問天」是他的本性。

圖中間的我，正低頭看著，手裡好像有本讀物，卻因前景恰好有張椅子擋住，看不清楚究竟讀著什麼。這個無意的造形，應該也是個不算偶然的象徵吧，我不是糊塗地過著我的一生，卻從無自覺地老是在書本中尋找著或大或小的答案嗎？

一九七〇年八月到九月，是我們三個人最密集交往的一段歲月。不久前，我得了一筆獎學金，手裡有幾個餘錢，就用它作爲頭款定金，以兩千八百元分期償還的方式，買下了生平第一部新車。那是日本汽車工業爲打開美國市場廉價試銷的第一批Toyota Corolla（豐田可樂娜），價錢只有美國車的一半，但商譽尚未建立。一位修車行的老闆告誡：「你要花錢買一堆廢鐵，我不反對！」

不過，那年八月，我開著這堆「廢鐵」，巡迴美國一圈，唐文標和郭松棻是我的乘客。三個以《戰國策》時代說客自封的「好漢」，開列了當今天下「英雄」的名單，擬訂了路線，利用暑假空檔，周遊列國。

第一站是伊利諾州南部卡本德爾的南伊大校園，拜會的英雄包括哲學系的劉述先和外文系的孫智燊（正改行讀哲學）等。

我們的主攻對象是劉述先的新儒學，孫智燊當時的思想意識不明，所以只當作可能的敵方援軍來打。

兩天後，不歡而散，再上征程，奔向愛荷華州。

愛荷華大學其實與我們的革命意圖毫不相干，關鍵是愛大有安格爾與聶華苓主辦的國際作家工作坊，每年都從台灣邀請一位作家。

雖然不是明目張膽的「踢館」行動，但也有些預謀。主要是歷年來工作坊的邀請對象幾乎清一色現代派。如果此役進行順利，應該影響安、聶的思路和決策，把未來的邀請對象，向後來稱爲「鄉土派」的方面轉移。這個策略是否成功，不知道，但以後多年，陸續有王禎和等人上路，卻是事實。

又意外結識了溫健騮和古蒼悟，他們後來不但加入保釣，而且在香港七〇年代回歸寫實的文學運動中，扮演了推手的角色。

愛荷華這一站的「戰鬥」結果，不是「不歡而散」，而是「依依惜別」。

接著到芝加哥大學，見到了夏沛然、王渝夫婦、林孝信、陸光祖、李南雄等人。綜論天下兩日夜，奠定了以後保釣的合作基礎。

環美之行的重頭戲，發生在紐澤西州的普林斯頓大學。

大風社由當時就讀普大的李德怡主持，召開第一次會員大會。到會者有各地趕來的「英雄好漢」約三十名。柏克萊三人幫發動了政變，嚴厲批判大風社的立場、方針和做法，逼迫社員徹底反省，拋棄孫中山式的庸俗民族主義情懷，呼籲學習魯迅。

政變結果，大風社當場分裂，表決後，宣布解散。

沒有料到，不到半年，解散後的大風社成員，卻成了各地保釣會的骨幹，且按照已有的脈絡，建立了聯絡網。

在波士頓見到了曾仲魯。那時他比我們走得更激進。我曾見到他書桌上的打字機一封未完成的通信，開頭的稱呼是這麼寫的：

「Dear Comrades……」（親愛的同志們……）。曾已退休多年，聽說現在最喜歡的活動是無目的的散步。

最膽大妄爲的事發生在密西西比州福克納的家鄉。

赤日炎炎的中午，三條好漢走進了空無一人只有一片蟬鳴的福克納故居後園，在他老人家的雕像下，孫悟空一樣，各撒了一泡尿。

一位南方白人同學後來告訴我：如果你們被當地人發現，輕則打一頓，重者可能吊死！

照片中的三個人，如今都已不是好漢，文標二十年前死於癌症，松棻今年七月中風過世。

我還在看書，不過，多數時間看的是《中國鳶尾花的分布》那一類的了。

清明

父親下葬之後，送殯的親友紛紛辭別，屋子裡終於只剩下我們一家。少了父親一個人，這個家，顯得特別冷清。一種不可彌補的殘缺感，牢固地抓緊，幾乎變成了我們的共同意識。我們互相望著，看見的都是自己。沒有人知道該怎麼打發這剩餘的空白時間，不知道該做什麼，也不知道想做什麼。

一輩子絕少以自己的意志主動指揮別人的母親，這時卻發出了命令：

「老窩去看看吧！」說完，她逕自站起來往外走，我們跟著，像孩提時代跟媽媽上菜市場買菜一樣。

「老窩」是我們在台灣的第一個家，位於當時的幸町，確切說，應該是幸町七條通的通尾最後一家。家旁邊有一條流水清澈的小河，河岸外，是連綿不斷的稻田。我們六個兄弟姊妹的童年，都在那裡度過，小妹和小弟，根本是在老窩裡誕生的。

跟大多數台灣的外省家庭不同，我們到台灣，既不是接收，也沒趕上逃難。「二二八」事變後的第二年，就跟著求職有了結果的父親來了。

那時候的台北，是個中小型城市，人口不過幾十萬，汽車上的牌照，前面一律有「十五」這個數字。「十五」是國民政府給台灣省的交通編號。總統府是地平線上最高的建築；圓山飯店還沒有蓋起來，淡水河與基隆河的河水都是清的，瑠公圳是條大陽溝，穿過現在的新生南北路，水也是清的，經常有人垂釣，岸邊歪歪倒倒，種著一行柳樹。

我明白，母親想看的，就是那個有點像「根」的地方。她知道，父親突然撒手走了，我們這個殘缺的「家」，只能從那個「源頭」，找回它的完整。

這是一幢省級機關中級職員的日式宿舍，全部加起來，連兩套浴室兩間餐廳在內，一共不到四十建坪。這是對等的兩個單元，分配給兩家人住，因此，每家只占有不到二十坪的空間。面對後院的木板廊道，中間沒有隔開。隔壁的一家，是浙江大學土木系畢業的吳叔叔，新婚不久，人口簡單，住在那裡，顯得相當寬敞。我們家卻完全不同了，初搬進來是七口，不到三年增加到九口。九口人，三大六小，擠在三十疊榻榻米左右的木造房子裡，就跟難民營差不多了。然而，從我小學五年級到高中畢業，那八、九年，記憶中，卻彷彿每天都在過年。

最熱鬧是父親因肺結核住進松山療養院的那段日子。母親爲了應付額外開支，把屋子裡最明亮的一間八疊臥室分租出去。我們不但沒有因此不快樂，反而覺得生活更加富有，因爲，上海來的房客王伯伯有架五燈收音機，只要他在家，我們就可以免費享受京戲、大鼓、相聲、崔小萍導播的廣播劇，和白光、周璇、紫薇……的靡靡之音。

靡靡之音多麼美妙！母親回到了她的學生時代，我們幾個促狹鬼，也突然長大了，在洋場十里的夜上海，出沒在天上人間。

那個家，天地多麼廣闊！

院落以內，有抓不完的壁虎、蟑螂、蝸牛、知了、螢火蟲、蝴蝶、螳螂、蟋蟀、紡織娘……。院落以外，有一呼百應的赤足玩伴，清早上學，一路探險；黃昏的遊戲，便是野戰演習。

後院加建了一個防空洞，水泥地下雨便積水，附近小溪裡撈來的魚蝦，永遠死不完。有一條泥鰍最頑強，從小學六年級開學放進去，初一暑假還躲在我特別給牠放進去的石塊底下。

前院有道矮牆，牆上方斜倚著開紅花的老樹。牆腳下是我開闢的小花園。牆面經常掛著父親從蘭嶼出差帶回來的片片蛇木板，上面生長著蝴蝶蘭。肥厚翠綠的葉片，像珠寶店櫥窗裡展示的珍貴玉器，蜿蜒攀爬的蘭根，卻像蚯蚓。葉間抽出花芽，迎風款擺的花串，蹲在矮牆根下的我，仰頭瞇眼望去，看見的不是蝴蝶，是天上飄浮著的紅雲白雲。

七條通的通口，有一座水泥打地的籃球場，我在那裡練就了一副好身手。身高不到一百三十公分，卻發現了速度足以彌補身高不足的缺點，尤其是利用假動作迅速向正確方向跨出一步，既擺脫對方的跟蹤防守，又可以帶球上籃得分。足足有五年時間，在信託局、糧食局、建設廳和水利局那批大哥叔伯的眼中，我贏得了「未來小國手」的稱號。

周圍七、八條巷子的範圍內，是我們的祕密狩獵場。貓狗成了獵殺的野物，鳥雀成了彈弓練習瞄準的箭靶。

我們的發明，還包括滴滴涕泡橡皮筋、竹片削成的螺旋槳、牙膏錫盒改裝的金錢鏢、腳踏車輪鋼圈製造的上等滾鐵環。玻璃紙與馬糞紙，只要剪裁得當，壓製成形，就比文具店高價出售的集郵冊更精美適用。我的軍事機密是每個週末的下午，到附近的法國領事館圍牆外仔細搜索新丟的垃圾，那裡找到的千奇百怪外國郵票，爲我建立了名震遐邇的威信……。

父親下葬後的那天下午，母親帶領我們回到了台灣的「老窩」。

「老窩」已經完全消失了。

碎石子路上面鋪了柏油，兩排院樹籠罩的日式家屋，都改建成奇醜無比的鋼筋水泥六層公寓大樓，小溪塡平了，稻田不見了，巷子裡停滿了汽車和機車……。我們在原來的幸町七條通裡足足徘徊了一個小時，從頭到尾，看不到一個小孩，連收音機的廣播也聽不見，只聽見每戶公寓的面街窗口上，冷氣機滴著水，排著熱氣，發出嗡嗡不息的機械聲音。

巷口的籃球場，如今是一家便利商店。

父親走後的第六年，母親也永遠離開了我們。

我們爲兩老安排了一個雙穴，在台北盆地外緣的一座離觀光廟宇不遠的山上。每次上山掃墓，必須先路過數不盡的販賣放山雞、一魚三吃、野菜、田雞和水鴨的休閒式餐廳……。

清明節到了，我既不相信來生，又永遠失去了父母卵翼下最窮苦最歡樂的那八、九年。

「老窩」如今只不過是大腦裡偶爾出現的反應，負責記憶的那批神經原細胞，看來終究也要逐漸喪失它們應有的彈性和活力。

這篇文章，大概是今年掃墓唯一可以帶上山的了。讓它在兩老墓前火化了吧。

老妻如舊衣

她從來不記得自己的生日。流亡到台灣的那年，還不到五歲，父親忙著求生存，家裡的雜事顧不上，遠房叔叔幫忙報戶口，隨便塡了個出生年月日。父親與母親的記性都不太好，一個說八月，一個堅持九月，倒是二十三日這一天，兩人口徑一致，因爲二十二號那天共軍攻城，炮火連天，這個日子，兩老一生難忘，而她就在圍城威脅和飢餓恐慌的末日氣氛中來到這個世界。

不知道是否胎教的影響，總之，她長大以後，就成爲一個遇事不緊張逢變不慌亂的人。這種個性，沒想到卻是個不大不小的亂源。凡事不馬上解決就坐立難安的他，彷彿急驚風遇到了慢郎中，兩人相處半生，從芝麻綠豆小事到家國大事，隨時隨地可以產生矛盾，但歸根結柢，所有矛盾，不論大小，衝突的起因，其實都跟反應快慢程度有關。

就說六十歲生日這回事吧。他說要辦，她也不反對。兒女都已長大成人，她自己也在年初退休，人活了整整一甲子，即使再討厭鋪張，家裡人自己慶祝一下，也是應該的。然而，選日子這個小小的問題，竟然出現矛盾。他說就八月二十三吧，因爲兒孫子侄多數放暑假，人到齊了才熱鬧。她不同意，理由牽強不過。她說，何必驚師動眾，而且，她隱約記得，小時候過生日好像是在中秋節之後不久，所以應該九月才對。他於是說，那提早一個月又有什麼關係呢？那可不行，她堅決反對，不到實足六十怎麼可以大張旗鼓？

這一次，他依了她。好歹，是她的大日子嘛！

他選了個清靜高雅的餐館，訂了包廂，能約到的都到齊了。

弟妹一共五家人，合資購買了一套仿古茶具作爲壽禮。名家蔡曉芳的作品，雨過天青的宋代瓷色，質地細膩，燈下審視，溫潤光澤如玉。而且，雖然造型仿古，實用上卻中西合璧，一壺六杯之外，還配上盛方糖和奶精的同色配件。不料做大嫂的，直說罪過罪過，拒不接受。但他知道她心裡的確喜歡，就幫她收起來了。

席上，大夥要他說幾句話。

他沒有猶豫，站起來之後，卻不知爲了什麼緣故，這幾天老在腦子裡面打轉的那句話，到了嘴邊，怎麼努力都說不出口。

屋子裡聚了三代人，除了第三代，所有人都是錢鍾書《圍城》裡外的角色，城裡頭仍然想突圍的不缺，城外面想打進去的也不少。

眼光恰好接觸到她腕上的翡翠鐲子，他於是改口說道：就談談「婚姻」這個老掉了牙的話題吧。

看過日本黑道片裡面紋身賭徒玩得爛熟的骰子遊戲嗎？他問。如果把骰筒改成不鏽鋼，骰子改成兩塊粗糙的石頭，讓上帝抓在祂老人家手裡甩上個幾十年，這就是你們或者經驗過或者嚮往著的「婚姻」了。兩塊石頭來歷不同，構造各異，命運把他們扔進一個局限性的封閉空間，上帝的手又像得了帕金森症，永遠停不下來。能不鼻青臉腫頭破血流嗎？不過，也許各憑造化吧，幸運的卻倒不是沒有。幾十年滾動碰撞下來，你可能發現，兩塊粗糙的石頭，所有稜角經過長年摩擦，都變得乾乾淨淨，表皮也變得光滑圓潤，揭開蓋子一看，裡面居然有兩粒珍珠呢……。

滿屋子裡的人，除了第三代，無不鼓掌歡呼，都說這番話，說得既得體又充滿智慧，遂共飲一大杯，以示慶賀。坐下之前，他斜眼瞄了一下，發現她臉上似乎並無不豫之色，不免有點得意了。

席散之後，麻煩來了。

誰跟你「兩粒珍珠」的？肉麻當有趣！她說。甩開他極力討好的手，揚長而去。

至少有兩、三天，膠著於愛理不理的冷戰狀態。熬夜，沒有人管。餓了，自己煮一碗麻油醬油蔥花麵。

他早就養成了低頭思過的習慣。那幾句話，別人不都認為得體嗎？究竟什麼地方刺到了她呢？

當年談戀愛的時候，這種愛理不理的冷戰也經常發生的。生活家常久了，漸漸麻木。加上孩子來了以後，成日柴米油鹽，孩子稍大，又是滿屋子雞飛狗跳，哪有工夫揣測別人的心情呢。

或許，他仔細沉吟，有點兒荒疏了吧。

腦子拐了這麼一個彎，似乎感覺可以跟她連上線了。

他想，應該把那天壽宴席上到了嘴邊卻不知爲什麼講不出口的那句話直接告訴她，保證就沒事了。

老夫老妻就像舊衣服，別人看不順眼，自己穿著舒服。

這麼簡單的一句話，那天爲什麼說不出口呢？

於是他開始尋找開口說這句話的機會。

壽宴結束之後的第四天，她一批姊妹淘來訪，唧唧喳喳半天，又出門「血拚」，回到家，人都筋疲力盡，哪有可能聽得進去？

一個禮拜過去，恰好是個不冷不熱的豔陽天，他抓住機會提議，往離家不遠的公園散步。不料還是碰了釘子。

又一個禮拜過去了，其中也有幾天忙亂日子。外地的孩子們不約而同回家，熱熱鬧鬧的，根本不可能。

沒想到，一個月就這麼閃電似地沒了，他自覺像「東邊太陽西邊雨」的那句傑作，始終未能找到讓他不難堪的場合向她傳達。

兩、三個月以後，她早就恢復常態。而他呢，那句話也變成了舊衣服，即使穿在身上，也不覺得了。

終於投降了

其實，仔細想想，我這還不能算是太潦草的一輩子，卻是個不斷頑抗又不斷投降的過程。

最新的例證就發生在這幾天。五月中旬自東亞倦遊歸來，我主動打電話給一個老朋友，要求他幫忙，給我那能不開就不開的電腦裝個中文軟體。老朋友一向負責聯合國的中文電腦化方案，手腳十分麻利，不到三分鐘，便笑著對我說：「來吧，大作家，試試你的手看看！」沒想到「大作家」的手，幾乎連白癡都不如。隨身掏出來一本《聯合國憲章》，他要我把其中的序言部分打出來。才不過幾十個字，居然抓耳撓腮、滿頭大汗，半天搞不定，而且，由於南方人說國語的毛病，捲舌音與非捲舌音糾纏不清，再加上「南」「蘭」和「知」「自」不分的毛病，中文標點符號的特殊打法……，不要說利用電腦打字代替手寫省不了多少時間，人只要面對鍵盤，手就發抖，腦也麻木，這個仗，怎麼打？

老朋友給我裝的軟體叫做「紫光」，據說比「中文之星」完備，目前最先進的中文輸入法。電腦裡面好像裝了一個人腦，比如說，「聯合國」三個字，第一次要打十個英文字母，一次打完，電腦便自動做好這個片語，以後只需鍵入三個字母就解決了。

然而，電腦雖然靈光，使用者的手腦卻不能並用。感覺自己像個白癡當然不好受，於是，潛伏著的頑抗念頭又冒出來了。

我在聯合國工作了差不多三十年，親眼見證了中文文字處理技術的現代化過程。一九七二年剛加入工作那一陣，聯合國出版的所有中文文件都是用手寫的。當時雇用的一批中文文書人員擁有一個非常特殊的稱號，叫做「書法家」，不論男女老幼，每人一筆好字。聯合國的中文文件，看來不太像國際正式文書，而像翰林院編修撰寫的史籍，或寺廟高僧的手抄經卷。這種情況延續了若干年，終於出現了第一次的技術改革：全體「書法家」被迫放棄他們頗爲自豪的藝術，改行做純技術的「打字員」。改革往往有所犧牲，「書法家」內心的錯綜複雜可以想像。八〇年代的聯合國電腦系統主要是如今已經完全淘汰的王安電腦，那時採用的輸入法叫做「五筆字型」。這種輸入法我從未動心，事實上也不需要我動心，因爲要不了多久，那套操作方法就過時了。九〇年代以後，聯合國下大決心搞電腦化，每個員工的辦公桌上都裝上電腦。中文是聯合國官定的正式工作語文，其文字處理技術自然必須全面推廣。當時的我，腦袋裡面出現了這麼一種思想：反正沒幾年就要退休了，學這些撈什子的時髦玩意兒幹什麼？頑抗的心理當然不這麼單純，現在分析起來，可能有一種不甘心向現實投降的意思。

現實是什麼呢？至少有兩面，我想。一面是「我」的不斷老化，另一面是「我」以外的世界不斷變新。投降又是什麼呢?大概就是放棄掙扎，順大流吧。

不知道你是否看過這麼一則廣告，挺窩心也挺難堪的一組動作，尤其是對於像我這樣自覺正在不斷老化的人。

一對老祖父母打開電視機，螢幕上的畫面突然亂了套。老人家手握遙控器，戴上老花眼鏡，望著一堆符號，滿臉惶惑。猶豫了半天，終於回身求救。房間裡搖搖晃晃跑出來一個兩、三歲的胖娃娃，二話不說，接過遙控器，小手飛快亂摁一通，畫面立刻恢復正常。老人家莞爾一笑，很舒服地往沙發上坐下了。

精采處在於莞爾一笑。

想想這一輩子，始而頑抗終於投降的事兒可不算少。

結婚成家生孩子就不必談了，反正，這大概是條放之四海而皆準的規律，凡是有過經驗的人，大抵都能夠莞爾一笑。

所謂的功名事業，應該也屬於同一個範疇。

總之，各人皆有一本帳，程度略有不同而已。

比較特殊的是從內心深處發展出來的那些東西。

二十五、六歲的時候，因緣湊巧，結識了一群熱愛現代電影的同輩朋友。除了辦雜誌、交流知識、用超八毫米攝影機拍「實驗電影」，還摒擋一切下海，正式參加了商業故事片的攝製工作。那一段日子可以稱得上熱情高漲。曾經追隨前輩姚一葦先生的指導，每次看電影必帶一盒火柴和若干空盒，爲了仔細計算長、短和特寫鏡頭的組合方式。參加商業電影拍攝工作的那半年，每天晚上不管多累，一定不忘寫日記。半年寫了一大本，除了相關的技術細節，還特地將自己觀察到的各種弊端、毛病和一切有待改良、改革與革命的想法記錄下來。可惜半年之後慌慌亂亂出國，竟忘了帶上這本珍貴的「學習筆記」，以後也就不知所終了。

電影夢的捨棄不算太嚴重的掙扎，主要因爲夢的後面有一個更加根深柢固的救國思想。

跟所有其他心理上的情結相比，對我們這一代的人而言，救國思想最難捨棄。凡屬思想，多少都是時代的產物。不幸的是，我們的上兩代承受了中國歷史上最險峻的亡國滅種危機，他們的特殊經驗，通過家庭、學校和社會教育，通過種種有形、無形的傳播方式，一古腦兒灌注在我們身上。在我們長期生活的環境裡，「救國」不僅是每個人與生俱來的責任，更成爲社會公認的不可違抗的天條。

受到這種「天條」的先天制約，海峽兩岸的我們這一代，不約而同地捅出了或大或小的亂子。六、七〇年代的大陸文革和八、九〇年代的台灣獨立，從頭到尾或淺或深地捲入的大批人，應該都可以說是這套思想的不自覺受害者。當然，思想掀起運動，運動改變歷史，投身其中，有幸也有不幸。有人頭破血流，也有人升官發財。然而，歸根結柢，恐怕還是要問一問：救國思想的最原始的宗旨，是否得到推進，或更因而倒退？

無論如何評價，每個人自己心裡最明白。我的結論最簡單：救國思想是我這輩子碰到的最難擺脫的魔鬼，一旦甩掉，眞是無比輕鬆。

頑抗之後的投降，聽來似乎有些委屈，其實不然。基督教說「原諒」，道家稱「忘」，佛家叫做「捨」，一般常識大概就是「退一步海闊天空」吧！

年輕朋友們最難「原諒」也最「捨」不得「忘」不了的還有一道無法逾越的「男歡女愛」關。這道關口，對於兩鬢日見灰白的我們這一代人，除了天縱聖明如楊振寧，絕大多數都無需掙扎便可超生。

可是，還有些習慣上、心理上、生活上和精神上的障礙，如不認眞面對，則越老還可能越頑固。這就又回到了前面提到的中文文字處理問題。多少年來，總覺得手寫不但自然，而且是一種傳承。再加上，手寫與動腦之間，似乎形成了牢不可破的有機關聯，所以，每次想到放棄筆，改用電腦，便彷彿有一條重要神經面臨被切斷的危險。

當然，冷靜想一想，無非是對陌生事物的無名恐懼罷了。

這次到兩岸旅行，結交了不少新朋友，而新朋友當中，最讓人興奮的是，居然小朋友占多數，尤其是小朋友，每個人都問我要電郵地址。地址倒是有，但我不能不承認，我不會打中文。總不能要求別人爲了跟我通信加強英文吧！

終於，糊裡糊塗頑抗了不知多少年的又一座壁壘，雖然不算很大，也到了動搖的時候了。

從書架上抽出那本久已不用的《新華字典》，開始背誦「紫光輸入法」不可不備的漢字拼音，老猴子決心要學點新把戲了。

晚晴

十月下旬，應洛杉磯Y社之約，在南加州深秋依然美好如金的陽光下過了幾天快活日子。邀請我的Y社負責人L女士說：「我們沒有固定的經費，請你演講沒法付錢，但一定盡力招待……。」

結果，與該社成員前後相處三天，我和同行的傑英都覺得，他們的招待，眞是無微不至，而且同時照顧他們的品味和我的需要，稱之爲「皇家服務」，也不爲過。

不過，應該說明，在接受邀約時，我心裡不免七上八下。原因相當複雜，首先，我已多年不參加公開的社會活動，是否破例？第二，我一向不喜歡演講，每次迫不得已，總有逼上梁山的感覺。第三，從來對中國人相聚共研國是不具信心，尤其在海外，紅藍綠各擁山頭，立場分明，情盛理虧而辭不達意，討論到最後，難免不歡而散。

這一次，居然例外。

不妨先談談「皇家服務」的部分，雖然只是西遊經驗的前奏，卻有「定調」作用。

在絕大多數人心目中，洛杉磯與文化沙漠是同義語，但Y社同人設計的重心，卻有意扭轉這個約定俗成的印象，完全避開好萊塢、迪士尼等旅遊點，而以「文化活動」爲主要內容。對我這個紐約客而言，相當意外。

與紐約反其道而行，洛杉磯幅員廣大，無須向上面爭取尺土寸金的空間，而自然形成四面八方的平面發展。這樣的發展方式，年深日久，卻出了問題。衛星城鎮設施完備，自成聚落，都會中心相形消瘦，下班以後往往成爲犯罪的淵藪，或人煙絕跡的鬼城。Y社朋友「秀」給我們看的，完全出乎意料。洛杉磯音樂中心（The Music Center of Los Angeles）是個多項功能的綜合設施，活動頻繁，結構完整，如今成爲菁英文化活動的重鎮，除規模不小的公共圖書館外，還包括經常演出一流節目的音樂廳、劇院、芭蕾舞場等，尤其是南國溫暖的夜晚，大建築物之間的噴泉廣場上，屋頂花園的欄杆邊，露天餐廳的席座間，衣香鬢影，笑語喧譁，與紐約林肯中心不相上下。西遊三日，有兩夜在這種氛圍中度過。

迪士尼音樂廳（Walt Disney Concert Hall）由目前當紅的大建築師Frank Gehry設計，二〇〇三年秋完工啓用，造型飛揚流動似風帆交錯，內部空間廣闊自在，去除了傳統音樂廳空間分割之弊，舞台面向四方，座位寬敞舒適，氣氛融洽，音效絕佳。整體建築的外衣以鈦金屬板裝飾，夜空中反射幽光，養眼而動心。那晚的節目有孟德爾頌e小調小提琴協奏曲，由Joshua Bell 主奏，詮釋絲絲入扣，華麗之餘，不失細膩幽微。中間休息時間，聽眾多外出到二樓陽台花園透氣，這個花園的設計也堪稱一絕，不植任何時花，全以高矮參差不齊的綠色植物葉形配置。

紐約劇作家John Patrick Shanley抓住近年來聳人聽聞的天主教教士性犯罪主題，創作了《疑》（*Doubt*），最早在外百老匯上演，立即轟動遐邇，轉戰百老匯之後，不但獲得四項東尼獎，更選上了二〇〇五年的普立茲最佳戲劇獎。在紐約錯過了機會，沒想到卻在洛城由Y社同人爲我彌補了遺憾。這個戲演出時間足足九十分鐘，中間不休息，一氣呵成，卻只有四個演員，由東尼獎得主Cherry Jones擔綱，飾演血色旺盛的修女Aloysius，男主角Flynn神父則由Brian F. O'Byrne擔任。該劇舞台設計別致，場景釘在旋轉盤上，瞬間轉場，輪番調動，對全劇劇力的貫穿與戲劇高潮的節節呈現有推波助瀾之效。四個演員九十分鐘的演出，很難想像如何維持觀眾的注意力和耐心，劇作者和導演必須吊足胃口，因此，這是一場從頭到尾靠懸疑刺激觀眾神經的戲。演員的撼動力當然舉足輕重。

西遊第二日的下午，主人安排到洛杉磯近郊的Pasadena去參觀杭廷頓園林。這個節目一半出於我的要求，因爲我早就聽說那裡正在規畫建造中國境外規模最大的純中國式園林。杭廷頓夫婦（Henry&Arabella Huntington）是二十世紀初靠鐵路和房地產致富的加州大亨，但他們富而不俗，生前就開始廣泛搜集名貴版本圖書和藝術品，又在私宅發展園林，培養不同生態區的植物。以前去南加州，看過那裡的沙漠園和日本園，中國園興建不到兩年，規模確實大，目前只能看到水池、部分亭台和曲廊拱橋，預計經費超過一億美元，十年才能完工。我的興趣主要是看他們如何規畫，如何從無發展到有。工地上堆置著遠洋運來的太湖石、灰磚、黑瓦等原材料，金桂、碧桃等中國園林習見植物也才剛種下去，無法想像未來成品的模樣，但只要有個印象，今後再遊就有個比較，掌握過程是難得的學習機會。

第三天下午到了我投桃報李的時間，我作了大約兩小時的報告，接下來是一個半小時的交流問答。到會者除Y社會員外，還有不少關心問題的朋友，最突出的特色，我到了現場才明白，大家都屬於台灣流行的稱呼：銀髮族。

我的報告志在拋磚引玉，主要從個人多年關心國事、投入行動的挫折和反省中，針對當前國是和兩岸前途，提出自己認爲比較適當的概念框架，作爲觀察和思考的參照。

在中國人討論中國政治的場合，做到熱心而不動氣、執著而不翻臉，算是難能可貴了。這當然與銀髮族的歷練修養有關。

美國社會學調查最近有個發現，今年正式進入退休年齡的戰後嬰兒潮一代，跟他們的前代相比，有一點，大不相同：退休生活的安排，喜動惡靜，部分退休的嬰兒潮人物，「動」的程度比一般年輕人還要激烈，甚至出現企業家看好市場投入競爭的現象。過去爲退休生活設計的所謂「成年社區」（adult community，下限五十五歲），最多配以高爾夫、網球和游泳，現在卻必須籌畫衝浪、滑雪、登山、跳傘等活動。

人生七十才開始，原是張群傲視同輩的幽默語，居然就要成爲現實了。

Y社成員多爲台北一女中的早期畢業生，正是二戰結束前後的嬰兒潮一代，她們都學有專長，事業上也有成就，雖屆銀髮之年，仍保持旺盛的生命力。她們友好互助，定時集會，不但關心時事，對知識的追求也絕不放鬆。Y社每一、兩個月舉辦一次演講會，我這次被邀，就是太空物理學家李傑信（我的內兄，他大概是內舉不避親吧）推薦的。他上次的講題涉及地球生命的起源。

我以前不是說過，六十到九十歲才是人生的黃金時代嗎？證以Y社的生活方式和精神面貌，實與「夕陽無限近黃昏」無關，「晚晴」二字約略似之。

輯二●生老病死

死生亦大矣

《紐約時報》有個非常特別的版面，叫做「Obituaries」（訃聞），經常放在「國內版」的後面，社論版的前面。生命終結後能夠擠上這個版面的人不多，因爲它每次只刊載三、五篇由該報記者撰寫的特稿。沒有一定分量，記者先生們不可能注意。例如，三月二十日星期一，該版刊登了四個人物的照片，計有前卡特政府的聯邦儲備會主席及財政部長威廉．米勒（William Miller）（享年八十一）；紐約WABC電視台三十年資深新聞主播比爾．布特爾（Bill Beutel）（七十五歲）；七〇年代對豬流感流行病預防工作有重大貢獻的羅素．亞歷山大醫生（Russell Alexander）（七十七）；和耶魯大學神經科專家和腦中風研究的傑出領導人勞倫斯．布拉斯醫生（Lawrence Brass），享年才四十九歲，此公不抽菸，死於肺癌。

當然，除了這四位有照片的重量級人物，輕量級、羽量級的也還有不少，但有關他們的生平報導便簡略得多，如活了八十一歲的拉斯維加斯賭城大亨赫布．托布曼（Herb Tobman），僅由美聯社不具名的記者發了一條一百字左右的訃聞。還有幾十個死人，則以最小的字體列表公布，如果你恰好是關心的親戚朋友，非得戴上老花眼鏡或得用放大鏡，才有可能讀到這些資料。

《紐約時報》的讀者之中，有多少人習慣翻開這一頁仔細閱讀？常識判斷，比例不可能太高，關心不到一定程度，大概不會主動。所以，這一版的效用，大抵是作爲一種歷史紀錄，也許帶上些社會服務的功能。

可是，這幾年，不知什麼原因，常發覺自己偶爾會有一種奇怪的心情。這種心情，有時可以理解，例如，宋美齡或劉賓雁過世時，便很想看一看，《紐約時報》如何「蓋棺論定」。有時候，簡直不可理解，不但翻到這一頁便不由自主地讀上一、二篇，有時更驚人，頭條新聞和社論一讀完，便立刻翻出這一版，仔細閱讀。

我究竟在找什麼呢？

前些時候，老友沈明琨夫婦自上海歸來，我請他們來家，嘗一嘗老妻近年手法日益精進的北京烤鴨。桂姿與明琨都是師大藝術系畢業的，近年移居上海，明琨繼續發展事業，桂姿卻轉往書法。她知道我這幾年也開始練字，特地買了一張長幅拓片送我，王羲之的《蘭亭序》。

這幅字，當然是我有朝一日也要好好臨摹的。手邊早就搜集了幾個裝訂成冊的帖本，質地都不如桂姿送我的這個拓片，遂立即持往唐人街，找裝裱店托了個襯底，張貼於書房壁上，好隨時觀摩欣賞。

《蘭亭序》寫於永和九年（公元三五三年）。王羲之時任會稽內史，三月三日與謝安等四十一人在今紹興之蘭亭爲「祓禊」之會，當場飲酒賦詩，羲之寫詩序一篇，即成中國書法史上此一無上神品。

「蘭亭」眞跡於唐太宗死後殉葬昭陵，故世傳者皆爲摹本。太宗曾命弘文館拓書人馮承素、諸葛貞、韓道政、趙模、湯普徹等雙鉤廓塡摹成副本，分賜諸王大臣。我得到的這個拓片，右上方有唐中宗神龍年號小印，故稱「神龍本」，可能是傳世諸副本中最佳者。

朝夕相處，除了看字，不免也看看文章。每次讀到「古人云，死生亦大矣，豈不痛哉！」便感覺某種力量，逼自己停下來沉思，且猶豫不能決，心中似乎有個疑問：他究竟想說什麼呢？

接讀下文，可以測知，王羲之顯然不是「齊物論」的信徒，因此有「固知一死生爲虛誕齊彭殤爲妄作」的說法（按：一與齊字皆應作動詞讀）。

這樣的生死觀，在王羲之所處的那個時代，是相當了不起的，因爲，我發現，這種面對死亡而無須妥協的態度，與當代自然論者的生死觀，居然有暗合之處。

自然論者必須否認「神」的存在，理由很簡單：基於對知識的眞誠，生命萬物預設某一神聖宗旨的想法，不可能成立。生命的起源不可能歸之於「創造者」的一口氣、一陣風，或什麼靈丹妙藥。它甚至不能歸之於某種物質，它只是一種功能——自我複製的功能。

當代自然論者，不但在有機物的世界裡，確定「自我複製」功能爲生命要義之所繫，甚至認爲，有機物世界的複製功能，不可能從天而降，憑空創造，其根源可以追溯到無機物世界裡的一些物理現象。

英國格拉斯哥（Glasgow）化學家格拉漢・凱恩思—史密斯（Graham Cairns-Smith）二十年前寫了一本書《生命起源的七條線索》（*Seven Clues to the Origin of Life*），認爲以ＤＮＡ／蛋白質爲核心的生命機器在地球上出現的年代，可能要晚到三十億年前之後，即地球誕生十五億年之後。在此之前，生命的軌跡必須在無機物世界裡尋找。三十億年以前，可能已經出現過無數「代」不同方式複製物的「物競天擇」演化過程。凱恩思—史密斯氏指出，地球上最原始的「生命」是以硅酸鹽一類無機晶體爲基礎的自我複製功能。他教我們做一個簡單的實驗，大致分爲以下幾個步驟：

第一，將照相顯影用的一種亥波定影劑（hypofixer）大量溶於滿盛滾水的燒杯；

第二，讓這種溶液冷卻，但應防止任何灰塵落入；

第三，小心揭開燒杯蓋，並將一小粒「亥波」定影劑晶體丟入此一「超飽和溶液」（super saturated solution）的表面，靜觀其變。

神奇的變化出現了。

肉眼就可以看見，晶體開始生長，並不斷分裂，每一分裂的小塊晶體也同時生長……不久，燒杯裡塞滿了晶體，有些晶體長達數公分。

地球上，所有自然發生的晶體都可能有裂隙瑕疵，包括鑽石和石墨。鑽石與石墨的粘附排列方式雖然不同，這些裂隙瑕疵在多層同類晶體粘附排列後，同樣的裂隙瑕疵複製出來了。

如果這些「瑕疵」就是一種「資訊」，則晶體的「複製」便具備了ＤＮＡ複製資訊於後代生物載體的功能。

別忘了，我們日常生活中碰到的泥土和沙粒，也是一種晶體。生命出現以前的地球上，泥沙是不缺的。

以上所述的這些無機有機生命起源觀，跟《紐約時報》的「訃聞」與王羲之的蘭亭一歎，有什麼關係呢？

乍眼一看，好像毫不相干。仔細想想似乎風馬牛不相及的三件事，都牽涉到「死生亦大矣」，都指向人類最根本的終極關懷——死亡。

《紐約時報》的訃聞，不管有沒有人看，它要做的，只是留下一個它認爲可靠的紀錄。這個紀錄的選擇標準，只涉及死者生前對人類社會的貢獻，而與任何神聖的宗旨無關。

王羲之的悲歎，不過是要指出，一代又一代的人（今昔），不論是「悟言一室之內」或「放浪形骸之外」，最終的體會（興感），都是一致的。死生問題雖大，但不能罔顧現實，向某些虛誕妄作的神話裡找安慰。故雖「痛」也不能不接受。

於是來到了自然論者不可避免的生命觀點：所有生命的起源，包括無機物「生命」的起源，都是自然力量形成的。同理，個體生命的終結，也必然不能違背自然規律的解釋。

「塵歸塵、土歸土」之外，所有有關靈魂不滅的傳說，都只能視爲畫蛇添足的愚昧行爲。

活著不是毫無意義嗎？

剛好相反，因爲你我只此一生，活著便是唯一的意義。

人之為人

幸好我不是牧師，否則，一看這題目，你一定以爲我要開始布道了。

幸好我也不是哲學家，否則你以爲要上倫理課了。

我只想從常識的角度談一談，當我們說到「人之所以爲人」的時候，它究竟意味著什麼。

生物學的常識告訴我們，人之異於禽獸者幾希。這個「幾希」，如果只考慮遺傳基因，眞是差之毫釐。現代智人與哺乳類靈長目的一些物種，例如黑猩猩，基因組成的類似程度幾達百分之九十九。近年來，許多生物的基因圖譜陸續完成解讀工作，科學家發現，人體組成的基因數目不過三、四萬個，而果蠅就有一萬三千個。稻米的基因更在三萬二至五萬五之間，超過人類。人之異於禽獸或草木者，應與基因數目多寡無關，更重要的恐怕是人體基因製造多種蛋白質的能力。

然而，不免就會想到，如果假以時日，一億年吧，稻米的基因有沒有可能產生漂變或突變，發揮那些無用基因的潛力，演化出比人類更聰明的物種呢？

因此，對於「人之爲人」這個議題，看來不能一頭栽進遺傳基因這個小王國裡，還得往其他方向摸索一下。

早期的人類學家，曾經提出「工具決定論」。認爲「人之所以爲人」，因爲他是地球上唯一能夠製造工具的生物。當然，這個說法，不久也就給自然學者的發現推翻。不但哺乳類靈長目的一些物種懂得用工具捕食（例如黑猩猩利用草梗樹枝釣白蟻），連大腦似乎不怎麼發達的鳥類，都具有利用工具剖開硬果殼取核肉或刺取樹皮內軟蟲的能力。

人類製造利用工具的能力當然遠超過黑猩猩或鳥，然而，如果「工具論」無法排除其他物種，這個理論就失去了成爲「典範」（paradigm）的威力，因爲它的「解釋能力」有了局限性。

於是，有人提出「文化說」。主張人之所以異於禽獸者，因爲我們有創造「文化」的能力。「文化」是人類特殊的創造物，是不受遺傳基因控制的。

可是，現代科學研究的結果證明，這個說法也不一定靠得住。

舉例說，生物學家詹肯思（P.F. Jenkins）在紐西蘭的一些離島上做過長期的田野調查，他發現，有一種鞍背鳥（saddleback），很會唱歌，發展出九種截然不同的曲調。而且，更有趣的是，每隻公鳥掌握的曲調可能不只一種，而父鳥與子鳥所唱的曲調並不一定一脈相承。鞍背鳥的雄性，具有通過學習模倣創造自己獨特曲調的能力。一首新「歌」的「發明」，往往是在模倣老「歌」過程中由於「錯誤」而產生的。詹肯思說：「新歌形式的產生過程不同，有時是改變一個樂音的音高（pitch），也可能是樂音的重複或省略，有時還將各種現存曲調的部分重新組合……。新歌形式的出現是個突然現象，但一旦出現，就可能留上好幾年。此外，有些案例表明，新歌形式可以準確傳承，甚至發展出一大批唱新歌的歌手……。」

詹肯思把這種創造新歌的現象稱爲「文化突變」。

這不是跟人類發展語言的經驗相當類似嗎？

如果「創造文化」也不是我們的專利，那人類是不是眞的跟禽獸草木無異呢？

這個問題，不要說宗教家、哲學家受不了，像我這樣一個無神論者的凡人，也可能難以接受。

我要在這裡介紹一本具有里程碑意義的書，一本有「典範」份量的書，而且，它不是一本新書，早在一九七六年就由牛津大學出版社出版，一九八九年又出了訂正本。英國學者理查·杜金思（**Richard Dawkins**）寫的《自私的基因》（*The Selfish Gene*）。（編按：中文版由天下文化出版）這本書可能是達爾文《物種源始》之後開拓思想疆域最重要的著作之一。關心的讀者如果想建立一套有關生物演化的基本知識，則達爾文之後，一定要讀這本。接下去再讀哈佛大學史提芬·杰·古爾德（**Stephen Jag Gould**）的著作（可惜此君英年早逝），一個關心自己生死存亡的現代人的資格，也就可以過關了。

關於「人之爲人」這個課題，杜金思最重要的貢獻在於他提出的 **meme** 概念。

Meme 這個字是杜金思創造的。這個字的字源來自希臘文的 **mimeme**。他自稱 **mimeme** 固然有希臘根源，但他想找一個與「基因」（gene）相彷彿的字，所以省掉mimeme前面兩個字母，截取後半段爲meme，不但音短字簡，讀起來有開天闢地的味道，又同gene彷彿匹配對稱。

Meme這個類似道家一生二、二生三、三生萬物因而有千鈞之重的字，我找不到中文翻譯，所以就按杜金思的邏輯，把它譯爲「模因」。

「模因」涉及模倣行爲，跟「基因」約略匹配對稱。

什麼是「基因」最核心的特質？杜金思認爲就是「複製者」（replicator）。生命是通過「基因」的複製能力才得以延續，沒有複製能力就沒有生命，這是可以斷言的。

那麼，「模因」又是什麼呢？

杜金思認爲，「模因」也是個「複製者」。

不同的是，「基因」的戰場或舞台，是地球上無數形態各異、功能分化複雜萬端的生命體。「基因」通過它的複製能力，藉地球上的各種生命，延續自己而幾可達到永垂不朽。地球上的任何所謂生命，從「基因」的觀點看來，只不過是個短暫必朽的「生存載體」或「生存機器」（survival machine）。

試舉例說明。

日本科學家最近發現。人類的耳屎有兩種，一乾一濕。非洲和歐洲的人種百分之九十七耳屎是濕的，而北方漢人與朝鮮人全是乾耳屎族，亞洲中部和南方則乾濕各半。

耳屎的功能除開阻擋灰塵和昆蟲外，還與排汗有關，非洲與歐洲人體味重，亞洲人排汗少，都決定於一個基因，科學家找到了這個基因，叫做ATB—粘連盒式CII基因。這個基因對人類的生死存亡當然關係不大，但它從十幾萬年前人類走出非洲時就帶上了。人不知經過了多少代，對人而言似乎可有可無的這個基因仍然活著。亞洲人耳屎變乾，只不過基因中的DNA排列略有變動，基因仍在。這說明無數代的人，全都是這個基因的載體，受基因利用的一個媒介吧了。

人之所以為人，並在生物界異軍突起與眾不同的是「模因」。「模因」是什麼？

「人死後還有靈魂」這一信仰就是一個「模因」。這個「模因」是人的文化創造物，它生存在人的大腦中，可以通過學習模倣行為而代代相傳。

同理，「神」也是人類文化創造的一個「模因」。這個「模因」由於對人的心理具有強大吸引力——對深刻困難的生存問題提供了一個表面上具有說服力的答案，因此在一代又一代的人類文化汪洋大海中，幾乎達到了不朽的地位。

人之所以為人，是因為他創造的「模因」鉅細靡遺、繁複無比，並能通過千秋萬代的大腦和日新月異的媒體工具（書報、電視、電腦、圖書館、學校等），實現永續複製。

當然，「模因」也跟「基因」一樣，要接受物競天擇的淘汰。

「神」的「不朽」，是因為這個「模因」，目前還有複製能力。從這一觀點看，「神」就是「人」的文化創造物。

話說生命起源

我設想，未來的某一時刻（肯定在必將到來的彌留之際以前），在頭髮之下，口腔以上，那個肯定比當代超級電腦還要複雜億倍的大腦系統中，二〇〇五年十二月二十六日這一天，將成爲某種象徵式的符碼，重新出現。

這個符碼的簡單形式，可以寫成：達爾文vs.創世紀。這是我現在就已知道了的。只不過，這個符碼之後，如果有個等號，等號的後面，卻可能是空白。

聖誕節後的第二天，是「血拚族」搶攻百貨公司的大日子，故雖屬假日佳期，紐約路上的交通卻異常繁忙。

幸好地鐵罷工的威脅已經解除，市長又宣布市內大街小巷，一律免費停車，我因此按照預定時間，在西八十街與西公園大道交界處的紐約自然歷史博物館附近，很快找到了停車位。

兩點正，文藝（張北海本名）跟我們在大門前的台階上會合。傑英掏出了大通銀行服務證（博物館的公司會員），四人得以享受對折優待（十元），購票進場。

傑信前兩晚剛從華盛頓長途開車上來，跟我們一家共度聖誕夜。他跟文藝有七、八年沒碰頭，各忙各的，但他們是有三十年以上交情的老朋友，保釣時期曾在洛杉磯生死與共。文藝從電話中知道傑信剛出版一本探討生命起源的科普著作，立即提議：何不一同去看看自然歷史博物館的「達爾文專題展」？

這個提議，馬上得到我們的熱烈響應。傑信的書，台灣藝軒出版社出版的《生命的起始點》，在第四章「萬源歸宗」中，扼要完整地介紹了達爾文「演化論」對地球生命起源問題得到的兩個重要結論：第一，物競天擇——自然界的環境變化，成為物種演化和生存的選擇機制，適者生存繁衍，否則淘汰滅種。物種與物種之間，只有簡單與複雜之分，沒有落後與進步之別，因此，theory of evolution 不能譯為「進化論」，而應譯為「演化論」；

第二，地球上的生命，儘管變化萬端，但萬物同源。因此，我們追尋生命的起源，不必像十九世紀的科學家藍馬克（Jean Baptiste de Lamarck,1744-1829）那樣，去找每一物種的「遠祖」，這種「單線思維」，其實是死路一條。達爾文的《物種起源》，採取了「樹枝分叉模式」的思維方法。傑信以科普的淺顯語言這樣介紹：

「人和猴有共同祖先，這位祖先又和熊是同一祖先，再往上推，這位共同祖先又與馬、雞、魚、蟲、芒果等祖先相同。用這個思維推到底，無法逃避的結論，就是地球上所有生命皆起源於同一祖先。」

「達爾文專題展覽」從英國愛丁堡大學等機構借到了許多珍貴原始史料。參觀過程中，我們看到了達爾文在「小獵犬號」航行與田野調查過程中留下的筆記，其中的一頁上有他手繪的那張生命起源樹枝分叉圖，上邊寫了兩個字：「I think」（我想）。「我想」這兩個字，等於是「混沌」與「光明」之間的啓蒙片刻。

這顯然是人類對生命起源千萬年來不停思索過程中一個關鍵突破點的現實紀錄。站在這幅草圖前面，能不動容？

科學的生命起源理論，當然還有一個原點突破的問題。生命複雜萬端，是擺明的事實，無須爭論。然而，地球（或宇宙太空中）的無機化學物，如何通過一次大躍進，合成有自我複製和繁衍後代能力的有機生命，仍然是當代科學界只能臆測而無法在實驗室中重新創造的神祕過程。

不過，《生命的起始點》一書，肯定了「自然生成」的理論。簡單說，就是地球在三十五億至三十八億年前，當隕星風暴逐漸停止轟擊地球而大氣形成還原狀態時，可能通過地球原有的無機化學物素材，和自然界的一些力量如火山爆發、閃電、地熱、宇宙放射線、紫外線等的作用，在海陸交界處的所謂「生命原始湯」（primordial soup）環境中，合成第一個生命。

達爾文的時代，人類還沒有取得遺傳基因的知識。因此，他的演化論只能建立在骨骼異同和其他證據上。然而，這套理論對人類最關心的這個根本問題，貢獻如此重大，在美國太空總署任職的太空物理學家傑信，甚至認爲：「綜觀歷史上所有偉大科學家對人類的貢獻，達爾文應高居榜首，超越了愛因斯坦和牛頓。」

傑信假期後返回華盛頓的當天晚上，不知爲什麼動機驅使，面對窗外的黑夜，久久不能成眠。

我花了幾個小時，把書架上塵積多年的中、英文本《聖經》取出來，相互對照，仔細重讀了一遍〈創世紀〉。

伴隨這次閱讀的，是達爾文的「演化論」與近日甚囂塵上的「智慧設計說」（Intelligence Design Theory）之間的劍拔弩張的鬥爭。

二〇〇五年十二月二十一日的《紐約時報》，刊出了記者勞瑞．古德斯坦（Laurie Goodstein）從賓州哈里斯堡發出的一則通訊，題目是〈法官發出駁斥，否決了「智慧設計」的教學〉。

必須說明，雖然百分之八十以上的美國人信神，每張美鈔上都印著「我們信任神」，美國的開國憲法卻規定了政教分離的制度。除了部分教會學校以外，美國所有公立學校和大部分私校，關於人類起源的教學，一向只允許「演化論」的科學課程。《聖經》的「創造論」（creativism），從來不能以「科學」面目進入學校教育的門檻。

二十世紀七〇年代，「智慧設計說」經過少數人倡導，到了九〇年代，配合基督教保守主義的興起，逐漸形成了一個全國性的運動。這個運動的主旨就是要打破教室裡由「演化論」壟斷「生命起源」的局面。「智慧設計說」聰明的地方是，它避開了「創造」這個字眼，穿上了「科學」的外衣，提出了一個簡單而迫人的問題，例如：當我們在草地上發現一隻懷錶，自然會問：誰是它的設計者？而生命構造如此複雜，生命現象如此奇妙，懷錶可能由數百或數千零件組成，草的一個細胞，零件可能千萬倍於此，它後面怎麼可能沒有一個設計者？

賓州道弗城（Dover）學區委員會的成員，決定挑戰「演化論」的壟斷地位，向聯邦法院提出了美國歷史上第一個挑戰的案例，要求學校的科學教學，除「演化論」之外，也要講述「智慧設計說」。

這個案件，不僅考驗美國立國的政教分離制度，也對人類起源以至於地球或宇宙間所有生命的起源知識，提出了挑戰。

承辦法官約翰．瓊斯三世（John E. Jones III）的裁決共一百三十九頁，網上可以查到。其核心論點如下：「確實，達爾文的演化論不完整，不過，一項科學理論尚未作出完整解釋的事實，不能作爲一項藉口，將一種以宗教爲基礎的未經證實的替代假說，送進科學教室，或以之曲解早已成立的科學論斷……。」

十二月二十二日的《紐約時報》社論也指出，「這個案件最令人注目的是，它深入審查了『智慧設計說』是否可以視爲科學。經過六個星期的審判，其中包括許多小時的專家論證，答案是響亮的『不』！」

讀〈創世紀〉的時候，又不能不感覺，這是一套既精美簡約又生動完整的「說法」。更重要的是，這個故事，甚至把人眼可以看到，人腦可以想像，甚至人心可以體會的世界與人性，全都納入了它的邏輯軌道。

何況，即便以當代的科學成就，宇宙至大，就算直徑一百四十億光年吧，仍然有限；宇宙至小，中子或質子只有10～6奈米，而最微小的粒子甚至有實體和波動的雙重性格，所在位置模糊，只能用「波」捕捉。

至大之外至小之內呢？

知識窮盡之處，似乎預留了想像空間，偏有死亡自覺的人，仍能從這裡找一個入口。甚至於無神論者，也無從躲避這一無答案的煎熬吧！

不朽

不朽是個抽象觀念。人類的學習有一定的過程，跟大腦細胞分裂的速度有關。兩、三歲的小孩不太能分辨人稱，我、你、他常混成一團。我們都有這個經驗：教幼兒看月亮，用手一指，嘴裡發出「月亮」的聲音，不久就發現，孩子一見手指伸出，往往就叫「月亮」。「不朽」這個觀念，比「月亮」更複雜萬倍。

二十歲那一年，我在台中附近的車籠埔陸軍第五訓練中心當兵。連輔導員是個比較不那麼墨守成規的政工人員，開會時，他爲了表示自己跟我們這些被迫入伍的大學生一樣，討厭公文八股式的政治學習，常有意撇開官定主題，想方設法，要聽聽我們的「心裡話」。有一次，他出了個題目，就是「不朽」。

碰到這樣一個題目，那些愛表現的當然抓住機會大吹特吹。有談岳飛、文天祥的，有搬四書五經的。當然，更急功近利的一批，多半是爲了便利出國申請入黨的那種人（那個時代的特殊產物），不免要提到四行倉庫和黃花岡七十二烈士了。其中最無恥的，小組長之類，甚至端出來蔣介石的《五十自述》或《總裁言論集》……。總之，現在回想起來，那些嘴上抹油的話，其實並非輔導員想聽的。他的任務，不是藉機會叫聽話的人表態，而是想辦法挑出「異類」，作爲他寫報告的材料。可是，無恥混帳話，卻有意想不到的效應。

我那時才二十歲，又讀了幾本哲學書，哪忍得下這口氣。於是，義憤塡膺之下，大潑冷水。

發言的詳細內容已無從記憶，主旨大致是這樣的：

一、「不朽」是一種價值判斷用語；

二、「不朽」的價值等級極高，因爲它所指述的範圍，超越了「時間」的局限；

三、將等級極高的價值附加於人們所認知的某一事物，眞正反映的是做出此一判斷的人所擁有的價值標準，與「某一事物」的客觀價值，可能毫不相干。

大話說完，我以爲會被圍剿，結果不但沒事，居然還有些零零星星的掌聲。舉目四望，發現鼓掌的就是我平常不太來往的那幾個台大醫學院的。那年頭的醫學院學生，不少來自台南一中，早就傳說是台獨的大本營。在少爺兵組成的臨時部隊裡，他們往往自成一圈，很少跟別人來往，明顯擺出一副心傲氣盛的姿態。我這個外省人，當然也有我的自尊，人不找我，我不找人。因此，雖同吃同睡同勞動，而且都是滿腹牢騷，在無法抗拒的制度下同受煎熬，卻始終不能打開溝通的渠道，更不要說發展同志般的友誼了。

沒想到這番話產生了破冰效應，那些預備醫師一個個藉機搭訕，不久都成了患難之交。

不過，話說回頭，輔導員的引蛇出洞法，用在我們這批毫無政治經驗的小蛇身上，確實靈驗。老奸巨猾的政工，完全不用打擊壓制那一套，他深知，對付這種「目無王法」的青年，不能使硬的，一定要用軟功。兩、三天後，藉機請我到福利社小吃，根本沒一個字提到那天的「反話」，反而擺出一副虛心求教的樣子。還好我的自衛本能及時醒轉，沒有進一步上當。然而，我心知肚明，退伍後的求職過程中，報考中央通訊社記者落榜，多少跟那次情緒衝動的「反話」有關。

「不朽」這個概念，在現代中國人的腦袋裡，離不開歷史，尤其離不開中國近代史。

包括台灣近代史在內的整部中國近代史，沒有一個中國歷史學者能夠擺脫意識形態的干擾，無論左右。記得第一次讀哈佛大學教授費正清的著作時，最讓我震動的還不是資料的全面和分析的方法，突然接觸到內容完整的近代史著作，幾乎從頭到尾抽去了我們視爲當然的最熟悉的愛國主義，就是提到愛國主義，也完全是不帶任何道德意識的中性提法，剛接觸這種論述，幾乎無法接受。等讀到法蘭茲．舒曼（Franz Schurmann）的《共產中國的意識形態和組織》（*Ideology and Organization in Communist China*），又發現洋人討論中國問題，也有戴上意識形態眼鏡的。但這種眼鏡究竟與我們習見的中文著作不同，它的視界更寬廣，論點更繁複，好像並不是說，一碰中國近代史就一定要歸結到愛國主義，除此沒有任何其他結論。舒曼的參照系大得多也複雜得多，中國政治發展的史實是放在世界政制與人類發展前途的框架裡面討論的。

再舉一例，不久前讀到張富忠整理出版的黨外運動和民進黨史，感覺其觀點的單一和分析的「純度」，也跟國人所寫的近代史如出一轍。可知中文史學界「立場堅定」、「道德掛帥」的嚴重氾濫程度。

嚴格說，「不朽」這個概念只不過指「生命力超乎尋常」罷了。美國運動界對於運動員破紀錄的傑出表現有個習慣用語，叫做「in the books」，中文不妨就譯成「載入史冊」，也就有「不朽」的意思了。但這種「史冊」，完全不帶任何道德意義。而且，「載入史冊」不過是爲了確認「新紀錄」。「新紀錄」的意義何在？讓後人做爲努力指標設法更上一層樓，如此而已。

愛國主義能不能有效救國或建國？這個問題很可以討論。無論如何，給它硬加上一件道德的外衣，除了方便政客操作民粹或任由別有用心的人狐假虎威進行政治訛詐以外，我看不出任何其他用處。

要去除「不朽」二字無端生出的迷霧，我們的頭腦必須清醒。世間沒有任何事物是不朽的。不朽至少要與時間等長。生物學家把地球誕生至今的時間約化成二十四小時，人類出現的時間在二十三點五十九分以後，到現在只不過活了幾十秒。此外，還有太陽系的生存時間，銀河系的形成與宇宙起源的霹靂大爆炸，今天的天文學界甚至提出了多宇宙的說法，什麼叫做眞正的不朽呢？

魯迅說他自己是速朽之人作些速朽的文章，他的頭腦是清醒的。

悼劉賓雁

說來奇怪，我跟劉賓雁從來沒有單獨深談過，見面也屈指可數，而且都是人數眾多的聚會場合。讀到他不幸過世的消息（編按：劉賓雁先生於二〇〇五年十二月五日因肝癌病逝於美國，享年八十一歲）時，卻發覺自己彷彿意外地受到猛烈的撞擊，好像逝者並非一位公眾眼中如今已經過氣的共產黨員，而是長久以來不知流落何方的故舊親人。

十幾年前吧，總之，是劉賓雁第一次應邀到台灣去訪問的行前幾天，他的好友，也是我的老朋友，舞蹈家江青，打電話給我，說是要我給他上一堂課，課題是：如何應付台灣的新聞記者。

要一個非新聞界出身的我，給大陸最勇敢的新聞記者上課，而且，課程內容又是如何面對台灣的媒體。這個任務，多少是有點荒唐的。然而，我還是硬著頭皮赴會了。

決定赴會是出於下面的考慮。

「六四」事件爆發前後，美國媒體著了火，預感到世界歷史的戲劇轉折，大量密集地推出了有關中國事態發展的時事分析、特寫報導與專家座談講評節目。

劉賓雁的權威地位是不容置疑的。他自己也說過，中國大陸版圖中的三千個縣，他親自跑過的，超過百分之九十。他又是四十多年的老黨員，擔任過黨內重要報紙（《中國青年報》）和機關報（《人民日報》）的記者，並在反右（一九五七年）前和文革後，先後寫出了引起全國震動的一系列報導文學經典作品。所以，無論從宏觀或微觀哪個角度看，劉賓雁對中國的了解，不是任何美國學院裡培養的所謂「中國專家」或國務院雇用的所謂「中國通」所能比擬的。

那段時期，劉賓雁經常成爲訪問對象，受邀擔任客座評論，並多次出現在全國聯播的電視網黃金時段節目。

然而，我看到這些訪談節目，卻不能不爲他捏一把汗。

可以明顯感受，他對共產主義理想的堅持，對背叛了這種理想的黨官僚體制的深惡痛絕，對草根底層民間疾苦的同情，都符合他鐵骨錚錚北方硬漢的正直形象。

然而，同樣明顯的是，他的觀察與分析，缺乏現代社會科學的依據與參照，因此予人以直覺片面的印象。他的言論與判斷，往往不留任何迴環的餘地。這在習慣了某種程度的複雜性（sophistication）的西方讀者與觀眾而言，是比較容易啓人疑竇的。

當他公開宣判中共作爲一個革命政黨，已經在道德上完全破產，並預言這個黨將在一、兩年內徹底崩潰瓦解之後，他的聲音，卻漸漸聽不見了。

沒有人能否認，「六四」前後的中國，是個臭不可聞的人間大泥沼。更沒有人看出，這個沉淪到底的混亂現實，反而因爲意識形態包袱的徹底拋棄，竟然死而復生。

給劉賓雁「上課」，當然沒有資格，但我當時確實想告訴他：面對台灣這樣一個社會，「快人快語」往往達不到「喚醒群眾」的效果，反易成爲別人政治鬥爭的工具。

那晚聚會中，關於他的台灣同業，我也說過幾句話。

劉賓雁這一型的記者，在大陸新聞界雖然鳳毛麟角，卻是眞正代表社會主義新聞從業員的典範。長期蹲點，挖掘民隱；深入虎穴，不畏權勢。這種記者，是一個忠於主義理想的社會調查員，必須有眞正的信仰，才有可能超越自己的社會階梯，跟控制自己命運與前途的黨官僚機器正面抗衡。劉賓雁在反右前寫的〈在橋樑工地上〉和〈本報內部消息〉，以及文革後寫的〈人妖之間〉、〈第二種忠誠〉等報告文學，《紐約時報》十二月六日發表的悼念文章指出：「他一生事業最讓人讚嘆的是：他是在一個歷史上很少有人公開提出異議的國家，作爲一個『自己人』（insider），作爲一個黨員，作爲黨的官方刊物的作者，寫出來的。」

而他的台灣同業，我不能不告訴他，是一種完全不同的動物。

台灣的記者，使命感不能說沒有，但多少屬於「私」的範疇。約束或啓發他們的，不是一種改造社會的哲學或理想，而是職業倫理。

同時，最大的挑戰，不是黨組織的力量，而是同業的競爭與老闆的好惡。

我說的這些話，劉賓雁是否聽進去，對他的台灣行有沒有幫助，我都不很了解。我只是設法盡一點晚輩的責任罷了。

這就不能不回到爲什麼在此文開始時提到「痛失親人」的那種感覺。

在我成長的那個年代，劉賓雁所代表的做人風格和追求「眞理」的熱誠，就是我們那一代人暗中仰慕、追尋、模仿的典型。

不妨再談一個插曲。

八〇年代中期，我想主要是因爲我自己的親身觀察與體驗，對於共產主義在中國的理想與現實之間出現的巨大斷層，產生了無底深淵似的幻滅。以這種情感與信念爲基礎，先後寫了三篇小說。〈風景舊曾諳〉寫的是「普通人在革命社會變遷中的徹底木質化」；〈故國神遊〉寫「全面組織化社會中個人的恐怖處境」；〈杜鵑啼血〉則處理了「人性中自我意識的無可磨滅」。

三篇小說在香港《九十年代》雜誌發表後，一位前輩託人帶話給我說：

「你這枝筆太毒了……。」

這位前輩，也是跟劉賓雁一樣的人物。抗戰期間，在知識青年抗日救亡運動的大潮中，一方面基於危機意識，一方面出於對國民政府腐敗無能的憤懣，奮不顧身，投入左翼文化陣營的宣傳工作。雖然如此，卻不能說一輩子無怨無悔。尤其在香港長年居住，看到文革期間的顚倒亂象，不可能不痛心。然而，自己痛心是一回事，晚輩當頭潑糞還是難以忍受的。

劉賓雁的情況，多少類似，可以想像。

他出身貧困，父親是鐵路工人，初中畢業後無力升學，全靠自修成材。十八歲左右，在僞滿洲國參加了抗日游擊工作，成爲中共的地下黨黨員。

然而，這位一輩子爲黨的事業貢獻了一切，又毫無保留始終不放棄共產主義最高理想的戰士，一九五七年，由於堅持爲黨刮骨療瘡，被劃爲右派，下放勞改營。一九七八年之後，由於胡耀邦的新政，得以平反。又因爲繼續堅持自己的理想，一九八七年，在鄧小平「反資產階級自由化」的政策下，被開除出黨。一九八九年「六四」之後，這位可能是海內外如今幾乎絕種的眞正忠於理想的共產黨人，卻浪跡異鄉，至死不能回到他熱愛的土地！

劉賓雁的墓碑上，據說將按照遺囑刻下這樣的句子：

「長眠於此的這個中國人，曾做了他應該做的事，說了他應該說的話。」

不過，歷史的反覆，究將如何評斷？由誰訴說？

也許，我哀悼的，不只是劉賓雁和他那個時代的風範吧？空洞化也無所謂的當代車輪，正轟轟輾過。

斯人獨憔悴

十月十六、十七日（編按：二〇〇六年）發生在北京的一件未受媒體重視的新聞，過了兩個多星期才傳到我這裡。在這個即時通訊、無遠弗屆的時代，不能不感覺到一些反諷。要不是台北有朋友知道我關心，把那兩天的剪報寄來，我可能根本不會知道，老友陳映眞在北京一度中風、重度昏迷後又恢復清醒的消息。

不過，冷靜想想，台北朝野上下這些日子正爲倒扁挺扁鬧得不可開交。紅衫軍熱火朝天之後，暫時休兵，仍未熄火；藍黨爲火力無法集中忙於聚焦；綠營各派每天面對緊張局勢，不得不在拖延、自保與切割的有限選擇中求生。這時節，誰會注意一個知識分子的生死存亡！

「冠蓋滿京華，斯人獨憔悴」，這話或許沉痛，卻沒有揭露，「京華」內外活躍的究竟是批什麼樣的人物。今天的台灣政壇，早已沒有統派的聲音，思想界的馬克思主義理論也日益式微，歷史的車輪，何其殘酷。然而，要說這就是結論，也未免太早。

二十多年前，我記得，香港知識界曾經主動邀請陳映眞和劉賓雁聚會對談，並將那次歷史性的見面稱爲：兩岸知識良心的第一次相遇。會談固然沒有什麼令人興奮的啓示和結論，然而，在那個時代，仍不免餘音裊裊，彷彿讓人覺得，知識落實行動和組織改造社會的學說，還有長遠的生命力。後來的發展證實，「良心」只能憑弔，「知識」竟成迴光返照。

雖然如此，我認爲，陳映眞所代表的政治觀點，即便不合時宜，並不一定從此埋沒。他的知識力量，縱然違反潮流，卻維護著重要的社會價値，遲早仍有可能以其他方式兌現。

我的這個想法，並不只是基於我們相交多年的事實，友情所能背書者有限，歷史的前瞻，應該有更加長遠廣闊的眼光。這些年來，由於種種原因，始終沒有機會同映眞深談，但也偶爾通幾封信，尤其是其中比較關鍵的資訊，讓我感覺，彼此雖對當前時局各自擁有不同看法，但在世界變化和人類前途等終極問題上，卻隱隱若有共識。

一九七五年，得知映眞因蔣介石逝世大赦而提前出獄的消息，我在海外輾轉反側，往往神牽夢縈，不能成眠。後藉小說〈長廊三號〉隔海傳遞訊息，得到的回應是：「太灰色了。」我因此明白，映眞在左翼信仰方面的投入，遠比我深，不是三言兩語可以化解的。加上他的獄中鬥爭經驗，難友的沉重付託，如果要他以英國人的政治智慧透視權力與腐化之間的複雜微妙關係，實強人所難。有了這種了解以後，我從此不再試圖改變他的觀點，只著力於激發他的文學創作欲望。

看到〈山路〉發表的時候，我以爲我們失去的那枝充滿人性矛盾與情欲糾纏的筆，就要重生了。我的感覺又一次錯誤，我想我根本不了解，經歷過映眞那種折磨的人，是不可能再做「弱者」的。

一九八三年秋，映眞終於應邀來到美國，參加了愛荷華國際作家工作坊的各項活動。同年冬，該方案提供了作家訪問美東重點文化中心的旅行，紐約爲必經之地，我們也趁此機會見了面。但因爲事先沒有做好心理準備，見面又在眾人相聚的場合，彼此不但缺乏深談機會，反而增加了誤會。此後二十多年，老朋友之間，有時針鋒相對，有時形同陌路，雙方共同的朋友，有人站邊，有人看熱鬧，也有人心痛而終究無能爲力。無論如何，這二十多年，整個世界翻天覆地，兩個知識分子的意見分歧，無論在誰的心中，大抵都成了芝麻綠豆了。

收到有關映眞重病的消息，震動之餘，我翻箱倒櫃，找到了多年未翻的舊檔案，重讀了個人生活幾十年兵荒馬亂都捨不得丟掉的老信。落日黃昏，不能自已。

下面一段，摘自一九六七年七月十八日的匿名信：

「他老人家（指特務）據說可能因公到美國，順便要特意去訓你一頓，你小子可好好預備著。職是之故，我想你也甭爲《文季》寫稿了，至少暫時是這樣。

……。

「還有，你們寫的信，都是熱情洋溢，使台灣的朋友吃不消。你那同房的姓障的（指張系國），也是這樣。這很邪門，我們不懂。

……。

「不要忘了，咱們一髮一膚都是息息相關的。你們扯爛汙，我們也沒希望，反之，也是一樣。」

此信寫於映眞「出事」前約一年。足證當時他已有風聲鶴唳的敏感，因此用這種方式警告海外行事不夠警惕的我們。下面一段，摘自一九八三年十一月八日的信。那時他人已在愛荷華，但距他第二次被捕又釋放後不久。

看到你因對於中國革命幻滅而來的對人和他的夢想的全盤的否定，使朋友心痛。……問題在於受苦、幻滅的不止你我。重新打起信心，點點滴滴，花幾代人的時間……創造條件，不也是一個態度嗎？……總之，我還是要回到台灣去的，不是爲了轟轟烈烈幹一番事業，而只是回到我們那邊的人的生活所不能缺少的土地、鄰居、朋友、挫折與希望裡……。

兩封信，時間上相距十六年，人生的軌道更已在地獄走過一個來回，然而，你不妨仔細體認一下，作爲「人」的陳映眞，有沒有一丁點兒「變味兒」？

這就是爲什麼前文提到：「彼此雖對當前時局各自擁有不同看法，但在世界變化和人類前途等終極問題上，卻隱隱若有共識。」

近年來，不少人把映眞當作一種政治標籤，也有人批評他固執僵硬。無論出於善意或惡意，我都不能苟同。在我心目中，映眞只是一個「人」，也許無法避免「人」的軟弱與成見，但這個「人」，卻因爲徹頭徹尾地衷心關懷別人，始終不渝地掛念著世界社會底層不幸的苦難人群，他這個「人」，畢竟宗教家一樣，高大而豐滿。

斯人也許難免憔悴，尤其在這假冒僞劣充斥市場的魚目混珠時代，他終究是我們不能沒有的火種！

松棻走了

七月五日晨九時，大俊、大萊、傑英和我，四人一同開車到瓦哈拉的威郡醫療中心大學醫院去看松棻（編按：指作家郭松棻）。不料醫院保安人員擋駕，說探病時間要到十一點才開始。因大俊弟必須趕中午的飛機去洛杉磯轉返台北，反覆與院方情商，始獲醫生特准，讓我們上去，但只能待五分鐘。

松棻躺在三五七號重病房，有專職醫師和護士二十四小時照顧，但他已昏迷八十小時以上，仍無醒轉跡象。我們想了解病情，醫生不願多談，礙於法律責任，只說診斷結果很不好，詳情必須通過他的家屬了解。

我打電話給松棻發病當時在場的一些朋友，又從松棻的孩子那裡打聽，知道他右腦大面積出血，強烈中風，主治醫生已宣布無能爲力，只等腦死確認後宣布死亡，再由家屬決定，是否拔除維持植物性生命的管線。

松棻的頭微微墊高，花白的髮依偎在素色的枕頭套上，閉著的兩眼似乎有點緊張，此外，臉面還算安詳，身體基本放鬆，皮膚稍黃，仍可看見血色，口、鼻則插滿了管子。這

六、七年，由於長期折磨，癱瘓的右半身顯得有點浮腫，完好的左半身，卻因爲負擔加倍，反而顯得結實有力，明確體現著松棻堅持與命運搏鬥的意志。

大萊與傑英忍不住流淚。

我的感覺是絕對的無助。

我知道，松棻一直到他最後的日子裡，都無法接受宗教的救濟，而我自己，除了一些淺顯的「物自體」概念，也根本沒有任何信仰。在絕對無助的情境裡，祈禱既不可能，自憐也無必要，因此只能沉默。

這是一種黑暗無邊的沉默。

松棻的兩個形象，從無邊的黑暗中湧現。

一九六六年的春天，三、四月間吧，我在邱剛健家第一次認識松棻。在此之前，彼此風聞，他知道有個劉某，寫過幾篇散文詩式的小說，我也知道有個郭某，是《現代文學》雜誌的重要幕後頭腦，但彼此從未謀面。

那年九月，我們都預定要去加州大學讀書，他去聖塔芭芭拉，讀比較文學，我上柏克萊，修政治學。

寒暄後，我對他說：

「你們班可是人才濟濟啊！白先勇、王文興、戴天、陳若曦……。」

他的回應，讓我一驚。起初印象不好，交往幾十年之後，才了解，眞正有膽識的人，是可以不理會常規，一針見血的。

他說的是：「最後一個，最大的，在這裡！」

一年之後，松棻轉學，來到柏克萊，接受陳世驤先生的指導，我們遂常見面，並自詡爲「陳公門下行走」。雖略帶自嘲意味，但也免不了像楊牧借陳與義詩句「座中多是豪英」所表達的，有點沾沾自喜吧。

沾沾自喜的日子其實也沒有多久，三年之後，松棻和我都從不食人間煙火的「清流生涯」裡跳了出來。

這是我的生命轉折點。

也是松棻的生命轉折點。

一九七一年一月二十九日，大批台、港、星、馬留學生和當地華僑組織的保釣示威隊伍，浩浩蕩蕩穿過路人爲之側目的舊金山唐人街，在附近的一個廣場集合，開群眾大會。

這是台灣學生有史以來不顧身家性命、不懼白色恐怖走上街頭的第一次。老實說，誰的心裡不是像當天陰沉蕭瑟的天氣一樣，有點寒寒的。

尤其是，尾隨著這個隊伍，布置在廣場周遭樹蔭底下，有些莫名其妙的人物，不時故意亮出他們的職業照相機和錄音機。

如果有人因此膽怯動搖，也是人情之常。

就在這個時候，松棻站出來了。

我早就知道，松棻雖然偶有「一鳴驚人」之語，他其實是個非常敏感非常害羞的人。向陌生的群眾發表演講，已經夠他承受的了，而演講的內容，在那個時代，又與「叛國」同罪。示威前夕，我們也聽到一些謠言，官方祕密雇用了黑社會的打手，專門對付「學生領袖」云云。

我至今不能忘記松棻走上講台前那個彷彿決心自殺的動作。他把夾克、毛線衣和襯衫一件件脫下來，甩在地上。身軀瘦小的他，平常行動並不十分輕巧，這時卻一步跳上了講台，然後，出乎所有人的意料，文質彬彬的文學系博士研究生，竟然用近乎哭泣的音調，聲嘶力竭地吶喊：

「你們，鬼鬼祟祟的特務，躲躲藏藏的職業學生，有種的話，給我站出來……。」

兩個多星期以前，突然收到十幾年不見的老朋友孟祥森從台北打來的長途電話。

「紐約人生地不熟，你能不能來接機？」他問，我喜出望外。

我送祥森和美玲到松棻家的那天，他的氣色很不錯，心情尤其好，因爲祥森是他台大文學院的同屆同學，雖一在外文系一在哲學系，但因松棻一向對思想問題有興趣，他與祥森認交，早在大學時代便已開始。因聽說李渝（松棻妻）暑期要去香港某大學擔任駐校作家二、三個月，自願到松棻家來陪他一段日子。

那天，松棻還特別指定，要我將小說《晚風習習》、散文《我的中國》和我最新的兩本專欄文集《空望》和《冬之物語》送給他，他說：

「我越來越覺得我們兩個人很像，我每一篇都要仔細讀……。」

我在書的扉頁上寫了「送給知心老友松棻」幾個字，簽了名。送給他的那天是六月二十七日，距他第四次中風，只有四天。

松棻第一次中風發生在一九九七年七月一日，那年他五十九歲。此後數月內，又連續中風兩次，先後動了兩次大手術，一次開肺，一次開腦。事後未能完全復元，造成了右半身的癱瘓。

前三次中風都發生在左腦。

二〇〇五年七月一日傍晚六時四十五分，松棻在他平日最喜歡的面對後院花床和草地的座位上，正跟祥森和美玲聊天，忽然口吐白沫，全身震顫不止，頭倒向一邊，進入了昏迷狀態。

美玲即刻打電話到我家，不巧那天我陪我弟大俊和妹妹大萊出門辦事未回，傑英接到電話但又沒車，幸好我在祥森抵美後，考慮到不久大俊弟即將來訪，恐怕要花時間陪他，遂介紹了住在松棻家附近的老友王渝和傅運籌，後由他們迅速安排了救護車送醫搶救。時間上雖未耽誤，但這次出血面積太大，來勢過猛，松棻從沒再醒過來。

同輩朋友中，以志大才高言，松棻是數一數二的。雖然天不假年，遺憾無法彌補，但他留下了重要的典範。「志氣」兩字，在當代重名利的文化圈中，似乎不合時宜。但松棻一生實踐，無論他的痛苦與成就，始終圍繞這兩個字，遂能在輕薄短小的氛圍中，創造出高大屹立的形象。

松棻的小說創作，成就不凡。我特別喜歡〈月印〉、〈月嗥〉和〈今夜星光燦爛〉這三篇。在未來的中國文學史上，我深信，以四〇年代的台灣爲主題的小說，這三篇應爲傳世不朽之作。

松棻家屬已決定於二〇〇五年七月七日上午十時，接受醫生的診斷，拔除維生管，並擇期舉行公開告別的儀式。

回憶松棻二、三事

七月七日午夜時分，我已就寢，床頭電話忽然響了。話筒裡傳來運籌激動的聲音，我心一沉，以爲他要告訴我松棻正式大去的消息，但他說：「老郭還在呼吸，體溫正常，心臟和血壓都算規律……。」

這時距維生管拔除已經十幾個小時，我在十小時前見到松棻的次子，他說他父親跟平日一樣，不肯放棄，還在奮鬥。主治醫師的看法是，應該還可以「活」兩天左右，雖然他的大腦已經死亡。

松棻的老友，也是我台大哲學系的同班同學鍾淑兒日前從費城打電話給我說：老傅（鍾的丈夫，哲學系學長傅偉勳）拔管後，還撐了十三個小時……。

運籌深夜來電敘說的，是一件匪夷所思的事。

松棻的妹妹告訴他，拔管後，她看見哥哥流下了眼淚！

運籌說：「……我難受極了，根本沒法睡覺，你想想，有多恐怖，他既不能講話，又不能用身體作任何的表示……。」

我被他的話刺激得輾轉反側，兩、三個小時無法合眼，全身上下好像在不斷充血，裡面似有萬馬奔騰。

天亮前後，終於冷靜下來，把思路理清楚。

拔管一事，是在醫師團召集松棻的家人作了完整分析和匯報後才由家人共同討論決定的。醫生宣布了腦死，並明確斷定：恢復機率為零。美國法律規定，死亡的定義就是腦死，因此，拔管的意義，只是結束毫無意義的植物生存狀態。

美國醫學界對於診斷腦死，因為法律上和人道上牽涉重大，程序和標準極為嚴格，這個判斷，不可能輕率從事。此外，「恢復機率為零」這句話，不到百分之百確認，醫生們是不肯隨便說的。

既然已經完全沒有了意識，為什麼又會流眼淚呢？

我認為純粹是一種生理甚至是一種物理現象。

人工管道強迫伸進喉嚨，會刺激淚腺分泌，這只要自己用手指實驗一下即可證明。管道拔除時，口腔與顏面受壓解除，留存在眼窩內的眼淚流了出來，就是松棻妹妹看到的現象。

這當然不是說，松棻沒有求生意志。事實上，松棻的一生，處處表明他的求生意志。他不僅熱愛生命，他終生的各種作為，即使是最細微末節的小事，也體現他活得有理想，活得寬懷大度，活得細膩敏銳，完全符合「執事敬與人恭」的嚴格做人要求。松棻是一個對事對人都能溫柔體貼的人。這也是為什麼跟他最親近的人，像他妹妹，像運籌，碰到上述的純物理現象時，仍不能不產生移情作用的原因。

就拿我跟松棻都一度迷過的「養魚」爲例。

「養魚」是小道中的小道，然而，松棻玩起來，多麼認眞，多麼享受。而我最佩服的是，他眞的可以與魚同樂，全身心進入魚的世界。

他的養魚法與我的養魚法，就是不太一樣。我是標準的「書生問政」。對什麼魚發瘋，我就上窮碧落下黃泉，跑圖書館，買專業雜誌（那時還沒有網路），儘可能搜集閱讀所有可能得到的資料，然後按圖索驥，設法提供書本上規定的條件，創造專家們建議的最佳環境。

可是，奇怪呢，無論我們養什麼魚，就算是同一種魚，他養的，總好像比我的更健康也更快樂。

我後來發現，他養魚也不太看書，但他是用感覺養用心養。

有一次，我發現他養的一條馬拉維湖電藍魚（俗名electric blue，學名Sciaenochromis ahli），全身發出炫目的普魯士藍光彩，連尾鰭和眼圈都像吃了迷幻藥一般，閃爍著藍光。我大爲驚豔，因爲我在專業魚店和魚展上也看過這個品種的優選雄魚，但從未見過如此絢麗奪目的效果。

「你餵牠人蔘嗎？」

我的確是虛心求教。

「別開玩笑，牠活不久了！」

態。

他嚴肅得讓我不免尷尬，我以為這條魚因為飼養得法，達到了牠天生潛力的最佳發情狀

「找遍了這三州的所有水族店，就是找不到同種的母魚，牠居然以同屬不同種的其他母魚為對象，亂發情，好幾次了，看來要把自己全部燒光為止……。」

那條魚的顏色，松棻說，是迴光返照。果然，不久竟「陣亡」了。

松棻一生，無論對事對人，也一樣，他都是用感覺，用心。

投入保釣那一陣子，他就一直給我「肝腦塗地」的感覺。那時期，海外台獨的實力和號召力，遠不及保釣陣營，由於松棻是道道地地的台北人，台獨方面就想方設法要影響他，想把他挖出去。密謀不成，退而求其次，又動腦筋想控制他，希望他不要把保釣的方向轉往統一的道路。然而，當時海外保釣運動的主流認為：中國分裂狀態是造成美國插手日本竅扈搶占釣魚台的主因。松棻的政治主張，跟我前後完全一致，雖然我們對兩岸的兩個政權不停止批判，但在大原則上，都判定台獨這條路走不通，而中國人要眞正站起來，昂首闊步，必須眞正實現現代化，必須抵制美國的支配和日本的操縱。

因此，台灣本土主義搞到成為選舉搶票工具、搞到去中國化、搞到族群對立民粹亂流的時候，松棻曾當面對我表達他的憤慨：

「簡直是胡搞！」他說。

松棻終生的信念，最忠實地體現在他最關心也最重視的小說創作上。

一九九七年第一次中風前，他連續多月耗盡心力，最後，〈今夜星光燦爛〉完稿，他人也垮了。

二〇〇五年七月一日最後一次中風前，他又是肝腦塗地，改寫一九九五年的一篇舊稿〈落九花〉。

這一次，他把他的感覺他的心，全部賠了進去。

計算起來，和松棻認交至今，已整整四十年。這四十年裡，我從他那裡學到了許多無價的東西。保釣期間，他讓我看到一介書生不畏強權的風範。在聯合國共同服務的二十幾年裡，我們有無數次機會一道吃中飯、喝下午茶，我從他那裡學到了如何把感覺抓準、如何把心用深的莊嚴態度，對我的寫作，產生了決定性的影響。

記得有一次，下班同車回家，他跟我提到一個大寫作計畫，他要寫一個台灣大家族。他說，台灣人相信，一家有四個爭氣的兒子，就一定會發家。這篇未完成的長篇，題目就定爲：〈四大條〉。

〈四大條〉雖然再也不能成爲現實。松棻留下的典範，是不會消失的。

送別

「黯然銷魂者，唯別而已矣！」這句話傳達的是人類的普遍感情，古人如此，現代人也不例外。當然，現代人讀古文，解讀不可不愼，尤其是「銷魂」二字。江淹的〈別賦〉，不止是「魂飛魄散」而已，加上「黯然」這個形容詞之後，它直指人心最黑暗無助的狀態，「生離死別」因此成爲無神論者最難處理的問題，宗教的安慰力量似乎無可取代了。

考古學家發現，生活在三萬多年前後來絕種的尼安德塔人（Neanderthal Man），雖然很有可能是被後來居上的現代智人（Homosapiens）淘汰的，但他們在環境惡劣的冰河期，居然發展了喪葬文化，說明他們不僅有集體的自覺意識，原始宗教的生前死後想像或者也具體而微。尼安德塔人所以無法與我們的老祖宗競爭，據哥倫比亞大學一位醫學院的教授解釋，是由於他們聲帶的生長部位太高，很多母音發不出來，這在冰河期的採集狩獵時代，是極爲不利的。採集和狩獵生活的成敗，特別在生命資源匱乏的冰河期，主要取決於資訊傳達和溝通的能力，複雜而準確的語言系統因此成爲關鍵武器。採集和狩獵，尤其是大規模的集體行動，分工協調越細緻，成功的機率越高，這是可以推想的。母音不全的尼安德塔人，跟我們的祖先克羅馬儂人（Cro-magnon Man）據說共存了若干萬年，頭顱容量甚至超過現代智人，身體的構造也強過我們，卻因聲帶生壞了地方而未能通過物競天擇的自然法則。整個物種的「生離死別」，就決定在如此細微的差別上，能不令人震撼！

比較之下，個人的生死存亡問題，是不是相對無謂了呢？好像也不能這麼說。

我最近參加了兩個葬禮，因爲「送別」的對象都與我有一定的感情關係，又因爲兩個葬禮都採用宗教儀式，我這個無神論者的經驗，或者值得一談。

第一位送別的是聯合國老同事李博高先生。李博老是清華大學高材生，中文底子深厚，外文涉獵廣博，翻譯的功力，膽大心細而緊緊把握信達雅原則，在我遇到的前輩中，無出其右，尤其是聯合國的法律文書，難度最大，他是大家公推的第一把交椅。

一九七四年，聯合國第三次海洋法會議在委內瑞拉的首都加拉加斯召開，中文文本列爲有效法律文書之一，關係非淺。總部特派李博老領軍，我忝爲助理，隨軍遠征。那次出差，前後三、四個月，往往日夜加班，戰況膠著緊張。那一段日子，我進入聯合國不久，自知才薄學淺，面對影響人類前途重大的法律條文和各國代表的外交辯論，往往詞窮而意不達，搜索枯腸、抓耳撓腮、苦不堪言。李博老的指導方法跟一般前輩不同，我的稿子他有時一字不改，卻把我叫到一邊，指著有問題的地方問：「這個用語或這個句子，有沒有更好的辦法？」我提出的解答，如果不夠理想，他也不急，從不主動說出他的答案，總是這麼一句話：「你再想想，你再想想……」直到他滿意，然後他好像發現天才似的說：「你看，你本來就有的嘛，挖一挖，不就出來了嗎！」就這樣，等於把著手教，那三個半月，眞是勝讀十年書。

我跟李博老共事，前後不到十年，所受到的教誨，何止於翻譯，做人處世甚至以後的創作，都深受影響。

由於博老生前是個品味獨特高雅的知識分子，葬禮雖假教堂舉行，宗教氣氛只能說聊備一格，扮演陪襯角色，但禮堂布置莊嚴肅穆，除了宣紙墨書輓聯黑白分明，幾乎沒有任何搶眼的顏色，家屬尊重遺願，不接受花圈。音樂選擇古典單純，牧師講道點到爲止。參加儀式的我，雖不免人生苦短的遺憾，卻對死亡的巨大壓力，暫時放棄了抗拒，平靜接受而似無遺憾。

上個禮拜，陪老妻飛往加州，參加她高壽九十的母親葬禮。整個過程，宗教氣氛十分濃厚，我卻渾身上下不是滋味，有時簡直有坐立難安的感覺。

岳母李楊培溪夫人出身滿清鑲藍旗，祖先是馳騁東北大草原的牧馬人，血色旺盛而性格強悍，二兒子李傑信在悼詞中強調，他母親是一位「意志如鋼」的女性，一輩子在條件極爲惡劣的環境中戰鬥不息，從不妥協。

關於這個論斷，我自己也有第一手的經驗。岳母生前跟我們共同生活過五年，當時接近八十的她，由於滿清皇族近親結婚的傳統，遺傳了「視網膜色素沉澱症」（Retinitis Pigmentosa），即俗稱「隧道眼」（Tunnel vision）的逐漸失明病。這種眼疾，由於患者不多，缺乏研究經費，至今無治。她一向關心國事，失去閱報能力之後，仍以聽力維續，我們給她買了有線電台的收音機，每到正點新聞時間，不論身邊有什麼重要事，一定放下不管，回房間聽廣播。

岳母因爲從小生長於滿族家庭，後又嫁入瀋陽李氏大家族，雖然天資聰明，卻無法受到完整的教育，引爲終身遺憾。也正由於這個遺憾，她一生最重視子女的教育。一九四七年，林彪部隊攻進瀋陽，雖然丈夫反對，長輩批評，她力排眾議，堅決把當時仍然幼小的四名子女，冒死帶往台灣，支援她的唯一信念是：孩子們的教育，比什麼都重要！

岳母一生的最後幾年，失明之外，還加上老年癡呆症的折磨，開始從基督教的信仰中尋求安慰，並接受洗禮。因此，她的葬禮也完全交給她所屬的教會辦理。

新教教會的葬禮儀式，跟天主教和佛教不同，比較接近現代心理學的集體治療，詩歌、音樂和禱告都難免有些「動情」的成分，死生大事的處理，往往特別強調死者的「永生」和未亡者的「出路」，故不免著意於「激發」，而非「安撫」。例如，在葬禮最後一程的墓地上，棺木入地刹那，遠方天空出現一節彩虹。牧師立刻抓住機會，把這個物理現象解釋成死者升天。這樣說，固然有些神祕意味，對我這個無神論者，卻反而破壞了美感。

人類處理個人和親人的死亡，從尼安德塔人開始到現在，有一個明顯的變化過程。簡單說，越早期越迷信，越後來越理性。從迷信到巫術到宗教到哲學，人類接受不能不接受的終極命運，是循著理性逐步駕馭想像的路線走過來的。當然，科學至今無法全面照顧人的感情，但它的照顧面，不是越來越小，而是越來越大。

我們仍然無法想像完全由科學來處理個人和親人死亡的做法，不過，我們確實正朝這條路上走去。

輯三●園林山水

縮龍成寸

四月上旬，隨旅行團到日本本州東北部去跑了一圈，前後七天，跑的地方不算少，主題據稱是「賞櫻、泡湯」。「泡湯」的經驗，對我而言，也許新奇，但台灣老於此道者多矣，我就不必班門弄斧了，我只略談一談「賞櫻」的觀感。

據我了解，「賞櫻」是日本民俗文化中的一個傳統項目。櫻花之盛開與速謝，早已成爲武士道精神的象徵，更是日本人生觀異於他民族的一種特殊文化精神。市川崑根據谷崎潤一郎長篇小說攝製的《細雪》，破題便以櫻樹成海的壯麗鏡頭與花瓣紛飛的迷茫意境狀寫日本女性之美，無疑是從武士殉道的陽剛悲情，跳接到陰柔人文性格的完整承接。這種細膩的文明自剖，往往是粗心大意的中國觀眾最容易忽略的。

然而，雖云「賞櫻之旅」，這次的日本行，卻並不圓滿。今年天氣冷熱失調，我們到達的時節，東京及近郊的櫻花，由於暖流提早出現，寒流又緊接著侵襲，一放一收，全亂了套，好像青年武士修行草率，不該抽刀的時刻動了殺性，未成道已遭斬首。

此行的重點地區在群馬、長野之間，北部山地又因暴熱時來不及成長，櫻樹的冬眠花芽尚未醒轉，一遇寒流，又都閉眼含羞，拒不露紅，因此，所到之處，梅已過時而櫻尚未開，連高原地帶的楓林新芽，均無消息，僅餘杉林的青蒼與落葉喬木的枯黃，江山大地、丘陵沼澤，仍處於料峭春寒的封鎖之中。

倒是在神社、佛寺、古堡、莊園與民居的一些院落中，意外看到了向陽盛開的紅碧桃與錯落有致的落葉杜鵑。兩者的習性皆因先花後葉，姿態益顯豐潤精神，在寂寥失望的行程中，讓人特別興奮。

正由於無花可看，眼光不覺轉移到車窗外經常流過、景點區常年經營的「園林布置方式」，不知不覺之間，似乎涓滴聚集而形成了某種以前不曾注意的印象，彷彿對長期關注的中日文化異同，在總的體會上，略有長進。

在人類文明的長期發展中，位處東亞，一衣帶水而又唇齒相依的兩個國家，像一對歷史歡喜寃家，世代友好也許是永恆的願景，血腥廝咬卻構成難以磨滅的裂痕。

日本人從來就對中國的歷史文化與現狀，懷著錯綜複雜的情結。中國人更缺乏自覺，對大和民族的個性與日本文化的特點，從來不想研究，尤其在近代，中國人眼中的所謂「日本通」，幾乎與「漢奸」同義。

在我讀過的有關日本性格的各種文字之中，有一長篇散文，印象最不能忘，即谷崎潤一郎寫的《蔭翳禮贊》（我讀的是英文本*In Praise of Shadows*）。

谷崎是我最喜歡的日本近代小說家之一，表面看來，谷崎藝術的精華，是所謂的「異色美」，似乎只是現代西方「變態心理學」的東方詮釋，尤其是老年性心理的曲折乖張，不僅扣人心弦，隱晦細微的刻畫，足以挑動靈魂深處的震顫。然而，深思之，谷崎眞正的好處，實與變態心理無關。谷崎文學之美，並不在於奇絕幽闇的人性，反而是平常人間的待人處世與平凡人物的 mannerism，在谷崎筆下呈現的一種特殊色調，尤其是漸入晚境的讀者如我，浸潤既久，往往覺得，細嚼慢嚥的餘味，遠在川端與三島之上。

《陰翳禮贊》對於我們這些外人而言，正可作爲進入谷崎文學門檻的一把鑰匙。

談到紙的顏色，他認爲，日本人厭煩的，恰恰是一般人心目中的所謂「好紙」，如美國產品，光滑雪白而耀眼；合乎日本民族性的紙，紋理與色澤反而應該粗一點，淡一點，暗一點，如棉紙。

谷崎的這一觀察，實際上也可以讓我們低頭想一想中國人這百年來的心靈迷失。紙是中國人引以爲傲的所謂三大發明之一。谷崎所說的棉紙當然是正宗中國發明物的直系後代。直到今天，傳統國畫和書法使用的紙張，像安徽出產的宣紙，依然是這個品種。然而，你仔細檢查一下當前中國人的普遍心理，看一看市面上流行的印刷品，有多少人想過，紙張的用色仍有厚古薄今的餘地？舉一個最簡單的例子，象徵中日兩國傳統文化的書法碑帖，在紙張質地與色澤方面的講究，中國人兩岸三地的任何同類出版品之中，幾乎找不到一個樣本，能夠趕上日本二玄堂的水準。

谷崎又談到家居生活的美學觀念，他說他永遠無法習慣洋式住宅的明亮寬敞。日式的廁所，採光半明半暗，從低開的窗洞中，可以看見庭園中以不規則造形製造了特殊平衡感的花草木石和溪池水光，這是一塵不染明亮如聚光燈舞台的洋廁所不能比擬的。如廁是人生中不能不辦的要務之一，心情控制在半明半暗之中，神思飛馳於人造的園林佳景，才是理想的境界。

這樣的東方，不但西洋人無法了解，被西洋文明壓得一百五十年抬不起頭來的中國人，也早已忘了我們內心裡也許活躍過上千年的本性要求。

坐遊覽車走過的日本，在我的印象中，似乎仍然保持著谷崎美學的這種內在需求。日本是個地狹人稠的國家，自然環境的限制，不允許他們發展出中國人那種「大」氣。然而，他們把「大」進行了人工處理。大自然的美，如何通過人爲的努力，重現於人類日常生活的空間，對於日本特殊文化景觀的創造，形成了永恆的挑戰。

常青樹是日本人山林中最爲壯觀永恆的天賦美，而日本人平均擁有的居住空間，如果原封不動地把常青樹往自己家裡搬，像美國人那麼幹，那每一戶人家恐怕連半棵樹都容身不下，何來日式庭園之美？因此，我們在本州東北部走過一大圈，無論城市鄉村，幾乎家家戶戶的小院落裡，各類常青樹都給修剪訓練成盆栽式的造形，雖無高大壯觀的形貌，卻具體而微，讓人有雖身處塵世而離眾神所在的深山野林不遠之感。

這種文化的精神，套一句盆栽藝術的專用語，叫做「縮龍成寸」。

所謂「縮龍成寸」，是一種人依附自然又不爲自然所欺壓的精神。

常青樹之外，灌木花草的處理，也表現了日本人「縮龍成寸」的文化景觀。

北美洲庭院常見的花樹如玉蘭，多由其任性生長，往往一樹成山綴花上萬。日本人的庭園，則力求保持其自然形態。但通過長期修剪，整枝摘芽，縮成人體大小，花雖不多，每朵皆形色完美。杜鵑配於山石花樹之間，去其龐雜突兀，存其嫵媚幽閑。

總之，「縮龍成寸」，是取無限大自然的精華重造於有限人間天地的一種謙恭而不自卑的人文精神。中國人看日本，往往只見方寸侷促，而對其中所藏的龍蛇飛舞視若無睹。這不僅是我們遊日本時值得留心之處，更是中國人處於當今世界，不能不虛心學習，以求相逢一笑泯恩仇，從而作爲長遠解決中日現實矛盾衝突的一個小小切入口、突破點。

「執事敬、與人恭」原是我們老祖宗的智慧，日本人吸收了，堅持下來，又能發揚光大，我們反而忘了，「縮龍成寸」的內層，從沒有放棄「有容乃大」。

寫於上海肇嘉濱路沈宅

無果之園

嚴格說，我的園林寫作，只能算是兩個半吊子合成的怪胎。自己評自己，傳統文人的品味與情趣，約莫一半；另一半是「自然論」（naturalism）的哲學觀點。兩個一半，都只有半吊子的水準。

這個奇怪的半半結合體，造成了某種困局：既不能於純粹的品味情趣中安身立命；又無法全心全意做一個正統的自然學者。我的唯一出路，便只好把理論與實踐配合來做，寫成散文式的隨筆。

追根究柢，內在的矛盾有兩個淵源。

品味與情趣，首先來自遺傳基因。

每個人，甚至每一種通過有性生殖繁衍的物種，身體裡面都有兩套不同的遺傳基因，一套來自父親，一套來自母親。我也不例外。

父親一系的遺傳基因裡，有終生在土地裡討生活的農民天性。我的祖先來自中原（河南），據說五胡亂華時期向南方逃亡，落戶在湘贛邊界的山區，從此「耕讀傳家」，上千年的艱苦勞動，離不開土地。

童年時代，有兩個重要發現。

第一，只要手一接觸泥土與植物，心便快樂，不由自主。種子發芽生葉，開花結果，快樂程度必隨之倍增，屢試不爽；第二，我有一種辨認植物特徵的天賦本能。凡經手的植物，無論其形態與生長方式，以至於幹、莖、枝、葉、花、實、根系的紋理與細節，多能明察秋毫。纖微之差，過目不忘。

若不是代代相傳的農民本能在血液裡起著作用，還可能有什麼其他的解釋？

母親一系的遺傳基因裡，肯定有士大夫階級生活方式中少不了的怡情悅性審美習慣。可惜外祖父過世太早，只從母親的回憶中知道一些他種花養魚的故事。他的獨子，也就是我的舅父，是個不事生產的名士派，一輩子的愛好，不外骨董字畫、戲曲文學。我九歲以前曾跟舅父一家共同生活過兩、三年，顯然耳濡目染，受了教育。記憶中，他的庭園裡，只有花木，沒有果蔬，似乎跟抗戰前後那個時代的風習很不一致。

我細胞裡面母親一系傳來的基因，在我父系的農民根性之外，增添了一種從植物的欣賞中取得心境平和寧靜的因素。這種近乎病態的纖細審美觀，跟西方崇尚的健康型自然論者的審美態度，很不一樣。不過，我至今不覺得兩者之間有任何高下之別，彷彿橘子與蘋果，不能比較，也毋需比較。

因此，西方理性主義的科學精神與審美觀點，我也從不排斥。

這方面，初中的博物課是我的啓蒙。不久前去世的唐玉鳳老師，傳授了一套基本理念。雖然初中程度還不涉及孟德爾的遺傳律與達爾文的演化學說，但唐老師的課，完全建立在理性的科學基礎上，既幫助了我的思維方式，也開啓了以後自修的大門。

要談這兩個「半吊子」的結合經驗，不能不涉及自己動手的過程。

我的「園林事業」，是從一盆非洲堇開始的。

一九七五年春的一個禮拜天，在唐人街買菜，心情有點鬱悶，突然在肉鋪附近的花店窗台上，看見一盆紫花白邊非洲堇。眼光一接觸，居然無法脫身。

一沾手便一發不可收拾。

立刻上圖書館找有關非洲堇的專著，又因爲當時住在公寓裡，盆花搜集過快過多，不得已，只得自己動手設計，製造了有人工光照配備的多層花架。架上植物，也從非洲堇擴大到各種熱帶室內植物，不久就進入蘭花的王國。

一年後，調差到非洲的肯亞。其後三年，算是我「園林事業」的第一次「大躍進」。

據說我租住的那幢住宅，原主人是一位英國老太太。老太太是道地的英國園藝家，親手設計經營三十年於茲，雖然地處赤道邊緣，選用的植物不能不就地取材，因此園中多爲沙漠乾旱地生存的仙人掌屬和多肉汁植物，但由於她的學養和文化傳統，這些植物的安排布置，依然遵照英國庭園法則。我那三年，基本上維持原貌，只在廁所後方的空地上加植了一片香蕉林，又利用廢棄難修的魚池原址，自己動手，選當地供應充分的竹材，蓋了一間蘭房。

參加肯亞蘭協，除有助於增進現代蘭學（Orchidology）的知識，更可以接受機會教育，親赴蘭科植物原始生境，了解人類活動對生態環境的惡性破壞。肯亞蘭協每兩、三個月開會一次，多在熱心會員的庭園中舉行。會員們將自己培養的珍貴品種帶來展覽，並邀請專家講評。就是在這種場合，生平第一次見到園藝學界傳爲美談的「伯利恆之星」（Star of Bethlehem）。

「伯利恆之星」原產地在馬達加斯加群島，學名Angraecum sesquipedale。此花有一條長達一英尺的花距（spur，唇瓣上中空的管狀體，通常生有腺體），達爾文曾據此推測，必有一種長喙（proboscis）飛蛾爲之完成傳粉任務。當時曾受盡譏嘲，試想，小小昆蟲抱著一枝一英尺長的管子，如何在自然界生存？然而，達爾文死後，的確發現了一種夜間活動的飛蛾，名字叫做女妖蛾（sphinxmoth），唇距長達一英尺左右。今年紐約自然歷史博物館的達爾文專題展中，有實物標本展出。

我的「園林事業」第二次大躍進發生在紐約。這方面，我寫得較多，此處不再重複，只須提出幾個重點。

首先必須指出，做一名「半吊子」的園丁，不能光是紙上談兵，一定要下地接觸泥土，因此，得有一片供施展的空間。這在我，要等到不惑之年以後，方才具備了條件。

買這座住家的時候，在長島和威郡先後由掮客帶領，看了差不多一百幢，方才下定決心。主要原因是，我的要求極不合理。地要大，學區要好（爲了孩子），價格又要便宜。最後的妥協是，房子本身不必講究。

終於有了一英畝的土地，而且，除了原始林，只有幾塊草坪，一切都得從頭做起。於是產生了兩個問題。第一，怎麼規畫；第二，用什麼材料。

對付第一個問題，我採取「土法煉鋼」與「書生問政」相結合的辦法。所謂「土法煉鋼」，不外是一有空就在地上到處走到處看，逐漸把感覺「擠」出來。所謂「書生問政」，倒是從小便有的習慣，凡有問題，便跑書店、圖書館。當然，過程最重要，即如何將書中提供的「答案」與實地走出來的「感覺」，進行心安理得的完美結合。

用材問題又是個全新的課題。因爲此間是北美洲溫帶地區，植物材料、氣候與土壤條件，對我來說，都是過去不曾碰過的。實踐起來，倒也不難，無非是觀察、學習和美國心理學家桑代克（E.L.Thorndike）所說的「試誤論」（trial and error）。

二十餘年如一夢，是不是成績斐然，到了可以賣門票公開參觀遊覽的地步呢？那就想錯了。

有時，我把這塊夫妻兩人共耕又都流了不少汗水的土地稱爲「無果園」，無非是說：這是座看不見「果」的「園」，除了自己，誰都無法眞正欣賞。

所有的果實，都在過程中。

苦雨

好久不見太陽了，十月的紐約，破了一個歷史紀錄，降雨量超過十五英寸。整整一個月裡，紐約跟貴州一樣，天無三日晴，就算是不下雨的日子，天空也是一片陰霾。

該是讀宋詞的時候吧？

卻不知什麼緣故，一直抗拒著。

出門一個半月，回到無果園裡，但見滿目瘡痍。

今年的大手筆，是開拓後山林地。後山坡地有巨木二十餘幹，多年來自生自滅，任由荒蕪，形成了毒藤蔓纏、灌木叢生的雜亂局面。今春立下宏願，不顧老之將至，買了一架電鋸，在老妻協助下，清理藤蔓，掃蕩灌木，並將林中礙眼瘦弱不成材的野生樹（直徑六英寸以下者）一一齊根鋸斷。二十餘幹參天巨木終於清楚呈現如畫。接著，鼓餘勇，凡離地十五英尺以下的横枝，全部予以切除，因而廓清了林地內的下層空間，陽光遂得以從連成一片的林冠透過葉隙灑向地面，創造了林中植草蒔花的條件。

在林地開闢草坪，可謂絞盡腦汁、歷經艱辛。

首先，草種的配製不同於一般草坪，必須選用蔭地易於存活的特殊配方。這還不難解決，一般專業苗圃都有專業人員指導，虛心求教，往往事半而功倍，不必自己胡亂摸索。

然而，平生第一次嘗試在林地內創造草坪，經驗不足，發生了幾個意外問題。

第一，切除了橫枝的大樹，樹高彷彿千丈。下雨時，樹冠雨水匯流成巨大的水滴，落到地面，因重力加速度，猶如高空擲下一枚枚重磅炸彈，新的草種即便發芽，根系發育尚未完整，常被連根沖刷流失；

第二，林地內的地表，雖有萬年落葉形成的腐蝕土層，但大樹根系繁複綿密，幾乎無孔不入無遠弗屆，如在其上巡播草籽，根本不可能倖存；

第三，即便播種成功，草坪初成，一遇大雨傾盆天氣，由於林間地面的坡度，根系不完整的草坪吸水量不夠，必然形成水土流失現象。土之不存，草焉以附？

兩度失敗後，不得不問道於老圃。

此間有一種服務行業，叫做「園林規畫管理公司」（Landscaping Design and Servicing Company）。比較現代化一點的，通常由若干有學位的專家創辦組成。由於他們有現代科學與美學的專業知識，取價不免偏高。我曾經請來這樣一家公司到後山林地勘探估價，這個看似簡單的工程，居然開價兩萬美元。

又有一種我稱之爲「老圃」的傳統型園林服務公司，老闆往往是義大利移民的後裔（加州和西海岸據說有不少日裔從業者），下面雇了一批拉丁美洲偷渡來的非法移民。平常只是幫客戶剪草、吹掃樹葉、整理庭院，必要時也可以砍樹植樹種草蒔花。郊區政府執法嚴格，有的地區強制規定，砍樹必須申請執照，因事涉安全問題，尤其是近房屋的巨木，砍一株可以要價上千美元。我也曾請這樣一位「老圃」估價，雖然比較平實，也要一萬元上下。

自己捏著手指算了一下，電鋸一把不過二、三百元，草籽即便是最上等的配方，也才百元上下。無論如何，一千元左右便可解決問題，何不趁自己身手依然矯捷如故，奮力一試！

這就是開春宏願的由來。

然而，現在問題來了，上面列舉的三個難題，如何解決？

一日，老圃在鄰居服務，立即抓住機會，不恥下問。不料這義大利老頭機警狡猾，堅不吐露職業機密，且反唇相譏：

「我早就注意到，你什麼事都自己來，這點小問題，還用得著我們嗎？」

意思明顯不過，再問下去，他就要開價錢了。

只好用我習慣的老辦法，查書找答案。可是翻遍圖書館的有關典籍，還是找不到適當的解決方法。

又一日，老圃公司的人馬又來隔鄰服務。這一次，他本人不在場。我帶了一包香菸，故作悠閒，跟那批曬得漆黑可愛的推剪草機amigos套交情，居然摸出了門道。

高樹滴水問題，用麥稈。撒種後，用釘耙翻翻土，上面鋪上一層麥稈，陽光依然可以穿透，草芽從麥稈縫隙中鑽出來，可以繼續生長。而高空落下的水滴，打在麥稈上，立刻迸散，力量減小，不致沖刷草芽。待草芽生長成熟，根系完備，不怕水滴時，麥稈也逐漸腐爛，變成了天然肥料，豈不一舉兩得。

林地的地表，要開草坪，必須重新鋪土。爲此，我上園林材料供應公司訂貨，買了一卡車表土（topsoil，該公司的行話叫brown dirt）。表土販賣以平方碼計算，一卡車土相當於八平方碼。這八平方碼聽來不算一回事，堆在我前院的車道上，卻像一座小山。我計算了一下自己投下的體力勞動。從車道把土鏟進手車，每手車約需十五大鍬才能裝到三分之二滿載（衡量自己的體力，如果百分之百滿載，前院到後山的坡地，根本推不上去）。則八平方碼的表土，用手車推上山，約需三百餘次。我是平均每天推二十次分兩個禮拜完成這個「愚公移山」工程的。

表土上山後，再以釘耙耙勻，約在地表上形成一層二英寸左右的植草床，然後播種並施以助新芽生長的肥料，再以釘耙疏理一遍，最後鋪上一層麥稈，萬事俱備，只欠東風矣。

東風者，爲防患未然，必須在草坪坡地上方高地開鑿一道分水溝渠，則即有暴風雨，「洪水」由分水渠導向兩側，避開了新生的草地，不致水土流失成災。

以上所述種種，即今年七月出門往絲路旅遊前完成的「鉅作」。

於今歸來，所見滿目瘡痍者，仔細評估推敲，成因如下：

從七月底出門到九月中回家，前後一個半月，紐約天氣變幻無常。下過幾場暴雨，颳過幾次大風，其他時間，炎陽高照，氣溫皆在華氏九十度上下。

地。

大風吹落了不少枯枝敗葉，始終覆蓋在新生的芳草地上無人收拾，壓死或悶死了大片草暴雨侵蝕了排水渠道，無人修補，徑流沖向草地，劃開了無數傷痕。

連續高溫乾旱，新生的草株，泰半奄奄一息。

眼看著，秋風起，秋葉黃，草木零落，嚴冬逼至，這殘破的江山，如何收拾？

而紐約今年十月連續不斷破紀錄的雨，仍然下個不停。

這豈是傷春病酒耽讀宋詞的惱人季節。

該當是練身體拚意志老驥伏櫪東山再起的時候了吧！

蛇纏腰

咪咪是我們的新園友，我說「新」，是因爲她加入我們這個特殊的圈子爲時不久。住家這一帶，從事園藝活動的朋友不少，但眞正稱得上「園友」的卻屈指可數。這話怎麼講呢？關鍵在於一種只可意會無法言傳的標準。標準不是人爲制定的，它是無形的心理默契。勉強說，它就是「瘋狂的程度」。

剛搬進這個社區的頭幾年，別說「園友」了，連同文同種的中國人都沒有幾家。兩個兒子上學，感覺特別孤單，連日本人、韓國人一道算，全校的黃種人學生不超過十家。爲了解決孩子們社交孤立的難題，可以說絞盡腦汁。我本來就有點孤僻，話不投機，絕不交往。孩子的媽，生性內向，也從不主動交朋友。不料逆境求生，反而促進了孩子們的本能，他們利用每個星期一頭堂課「show and tell」（學生報告週末生活）的機會，大談他們的「非洲經驗」，引來了大批漂亮女生的注意。女生一靠攏，男生自然也就圍過來了。再加入男生的運動項目和調皮搗蛋活動，不要說孤立，離「英雄」地位也不遠了。然而，孩子們的突圍，並沒有就此解決我們的問題，直到發現了「地」，才算找到了「根」。

最近十幾年，情況大爲改觀。

首先，美國的大眾傳媒開始調查研究，並公布全國公立學校的排名。我們這個社區，猶太人占多數，而猶太人重視子女教育的程度，比中國人猶有過之。美國的公立學校制度向由社區居民繳稅支援，因此之故，家長會操學校政策的生殺大權，家長會裡如果猶太人過半，學生的升學率必高。近年來，這個學校的全國排名扶搖直上，堂堂進入前五十名，畢業生平均有15％進常春藤名校，消息不脛而走。亞裔第一代是美國少數種族中最重視教育的，尤其是來自儒教傳統深厚的東亞人，移入人口自然大增。其次，亞裔人可能跟他們的近代生活經驗有關，戰亂頻仍，經濟蕭條，早就養成了利用自家院落種菜以節省開支補充營養的習慣。如今到了地廣人稀的樂園，正是如魚得水。說來一點也不奇怪，我認識他們大抵都在附近的商業苗圃。看到黃面孔的同胞在樹苗菜秧間徘徊流連，不免搭訕幾句。我的標準很簡單，一般說，熱中種菜的，我聊聊就走，專心種花的，彼此交換經驗心得，不久都成了朋友。

咪咪是這批朋友當中最「瘋狂」的一個。

我第一次發現她就在我們家附近的苗圃。這個苗圃是個家族企業，開山祖師爺是位滿頭白髮的老先生，如今只負責每年編一本圖文並茂的目錄，進出貨和勞動活都交給兒孫輩處理。由於是家族事業，這個苗圃保持了一些難得的傳統。稀有品種和價格特高的，他們不做，平常人家喜歡的東西，不但培養得法，價格且特別經濟實惠。那天風和日麗，鳥語花香，只見一身材小巧玲瓏的中年婦女同胞開了一部特大號的箱型功能車，打開車子後門上貨。有幾盆老杜鵑，我看她搬得相當吃力，便自動上前幫忙，居然發現她原來也來自台灣，從此成了朋友。

咪咪的「瘋狂程度」，有時叫我這個「花癡」都自嘆不如。我曾經被邀請到她家去實地勘察過，她家後院有一大塊自然天成的片麻岩，色澤紋理和組織結構俱佳，暴露在地表外，面積和高度皆頗爲可觀，足可成爲庭園布置的重心。不幸的是，由於前幾任屋主志不在此，竟任由荒廢，不僅山岩淹沒於亂草雜藤，高大粗壯的野樹已儼然成林。

這樣一塊大好材料，不加以開發委實可惜。但我估計，眞要大動土木，非聯合若干名大漢傾力以赴莫辦。因此，咪咪虛心求教，我只是點到爲止，說了一個籠統的概念。不料三個月之後，重遊舊地，不但岩層周遭清理得乾乾淨淨，附近的野林也都大半伐清。驚疑之餘，居然還發現，這項工程的所有重勞動，除了幾株參天大樹非得請專業伐木公司處理以外，其他都是看來嬌小玲瓏的咪咪一個人幹出來的。

咪咪的野心完全超出我的想像，她的長遠計畫包括開林造山，鑿池引水，挖地換土和配置花木。此外，她還設計了多線路的瀑布網，陽光充足處則打算搞一個頂尖水平的英國式多年生草花圃。

鄰居們給她取了個外號，叫「園丁女士」（lady gardener）。他們都知道，天色黎明，就有一名中年婦女，長袖長褲外加帽子面紗（防蟲防毒藤），推一輛手車，手車上載滿農具或園藝用的材料，在園中埋頭苦幹，由春至秋，不到天黑不收工。近幾年來，年年如此。然而，今年夏天，事有蹊蹺，園丁女士忽然不見了。

我是在醫院病房裡見到咪咪的。

她的皮膚上長了許多紅斑和水泡，主要集中在腰腹部，雖然不太癢，但疼痛難耐，痛的程度幾乎超過婦女分娩。這個病，西方人叫「shingles」，中國人卻有個怪恐怖又形象化的名稱，叫做「蛇纏腰」。據說，這種病也有發在身體其他部位的，頭部附近最危險，因爲離大腦神經太近，又可能侵犯眼角膜，咪咪病情減輕後還幽默自嘲：「幸好我得的不是『龍盤頭』！」蛇纏腰也不是好玩的，如果診治延誤，發展到蛇首蛇尾相連，甚至有致命的可能。

美國神經科研究所的報告指出，蛇纏腰常發生於曾經出過水痘的中、老年人。造成水痘的帶狀疱疹病毒（herpeszoster）痊癒後留在身上，人體虛弱免疫力降低時，病毒從神經纖維擴散到感覺神經細胞，侵入皮膚層，因而引發紅斑、水泡和疼痛。咪咪的病幸好發現得早，結果由抗生素解決了問題。不過，後遺症還不少，神經疼痛雖慢慢減輕，卻要半年左右才能徹底康復。

大約四、五年前，咪咪的小兒子到外州上大學去了，她多年習慣了的生活程式劇烈變化，但儒家傳統教養發揮作用，她沒像一般美國中年婦女，突然彷彿一切落空，有人開始酗酒、吸毒，有人追尋第二春、鬧戀愛、搞婚變，咪咪的選擇於人無害、於己有益，只是有點操之過急，用力太猛，不知不覺間，讓自己的免疫系統幾乎失去防衛能力，給「蛇」纏了「腰」。

如果攤開來看，「蛇纏腰」不過是寂寞中年的婦女病罷了。婦女到了中年，處境困難，四面楚歌，應對之道，因人而異。好在絕大多數中年婦女選擇的路，並不損人利己，當然，也有例外，不是有所謂的貴夫人團和第一夫人之間光怪陸離的變態關係嗎？那種病，已經不是醫學可以治療的了，或許應該尊稱為：狗啃心！

調色

園事經營既久，逐漸有些體會。花草與木石，無論顏色搭配與整修擺放的姿態，皆須受節氣的制約。環境有若背景大幕，舞台上演出的細節，切不可背道而馳。

春花與秋葉，各擅勝場，無法並存，大自然早已作了分別處理，違之則即便在想像中，也不免齟齬。同一類植物，放在不同的地方，效果往往南轅北轍。

試舉一例。紐約大都會博物館，不惜工本從蘇州請來了傳統藝匠，仿網師園創造了明軒。庭中花木，雖然生長在室內控制得當的環境中，卻無論冬夏，那些江南風味的芭蕉與書帶草，怎麼看都彆扭。

溫帶的杜鵑，無論單棵群植，總要配上五月上旬日本楓欲舒還卷的水紅潤綠嫩芽，五月下旬迎風展翅的山茱萸花，才見精神。杜鵑有夏天開花的品種，我在園中也種有兩株夏鵑，每年開花不爽，卻總覺多餘。

北美洲溫帶地區，尤其偏東北這一帶，冬寒夏烈秋肅殺，四季分明，絕大部分花事在五月前後集中演出，萬花爭春彷彿迎神賽會，顏色繽紛有如時裝秀狂歡節，此落彼起，轟轟烈烈。五月下旬之後，綠色逐漸統治一切，不覺昏昏欲睡。

如何為七、八兩個月調色，遂成為此間治園大事。

我曾效英國傳統園林之道，開闢多年生草花圃於園中向陽處，並按書索驥，選名家推薦的品種，採群植之法（mass planting），按高矮粗細相配之律，花期相隔，葉配紋理。然而，多年實行下來，總是有些環節出錯，始終達不到預想的效果。

多年生草花圃的學問太大，力有未逮，只能退而求其次。

種玫瑰是首先想到的捷徑。

照理，現代雜交配種的玫瑰，最適合填補夏暑「無色」的空檔。尤其是優種茶（Hybria Tea）和多花玫瑰（Floribunda），花大色豔，品類繁異，花期又長，從六月初暑到十一月霜降，儘可輪番上陣。

可是，這裡的氣候水土各方面的條件，對於現代品種的優種大花玫瑰，極為不利。我的經驗，與多年生草花圃的慘澹經營，不相上下。雖屢敗屢戰，終不免屢戰屢敗。

冬季為期過長，首先砍斷了植株連續生長的機會。即便是重金購來的老株，每年過冬，生機斲喪，來年又得從近根處發芽抽枝，重起爐灶，著花不免稀稀落落，因此永遠成不了氣候。萬一冬防不夠嚴密，更往往連根不保。

美洲東北部，夏天空氣不夠乾燥，種玫瑰面臨的病蟲害，不堪其擾。施藥則有礙人體健康，不治療更可能全軍覆沒。

每年的六、七、八月，驕陽炙人，但清晨向晚，三、五好友共遊玫瑰園，誠然是賞心樂事。大規模的公私園林，雖面對同樣的困難，但它們有本錢有條件，玫瑰園向來視爲經典示範，不可不大力倡導。我參觀過的一些名園，多選擇日照充足的避風場地，敦聘專家精心設計選材，長期經營培養，成效不可謂不彰，但與加州所見比較，依然瞠乎其後。

尤其是加州南部從洛杉磯到聖地牙哥一帶，原屬沙漠氣候，終年氣溫鮮少低於華氏五十度，空氣乾燥，土壤排水良好，金色陽光普照，玫瑰永遠處於生長不息的狀態，因此連小戶人家的前庭後園，都經常可以發現幹壯枝繁一樹百花的老玫瑰。深門大院的玫瑰花圃與專業苑囿的栽培，自然更是長盛不衰美不勝收了。

爲了彌補我園夏天顏色單調氣氛不免偏枯的缺失，這幾年動了一些腦筋。蔦蘿架與百日菊織錦花圃的創作與延續，應該屬於這個努力範圍的一部分，以前談過，不再重複。

這裡集中介紹一種新生事物：觀葉植物。

一向以爲葉色的觀賞爲東方園藝唯我獨尊的傳統。國蘭的栽培，尤其是蘭葉出藝技術近年在中、日、韓三國流行，可以說是這一文化傳統的高度發揮。多年前參觀過大紐約地區的花展，在美國海棠協會的特別展區看到了各類海棠葉色與葉形變化的示範，歎爲觀止，始徹底扭轉了我的偏見。近年來，美國園藝界，從學術研究機構到商業苗圃，大力推廣觀賞草類植物入園的風潮，更證明西方人的審美觀念，在含蓄精微方面，絕不低於東方。高山荒漠地帶植被與沙生植物，在西方園林設計中，也日漸受到重視，研究調查與推廣實用並進的結果，其園林內涵的豐富，早已超越東方人故步自封的成果。

這是我引進一些觀葉植物入園的思想背景。

在夏日一片綠色的統治中，選擇園內小環境適當的地點，或單點種植，或混雜成片，依地勢、光照、土壤性質等條件，分別布置一些以觀葉爲主的素材，不但可以破除顏色單調之弊，也可以順勢創造園中漫步路線的迴環曲折，增加駐足瀏覽的情趣。

觀葉植物品類複雜，苗圃供應豐富，有時難以選擇，關鍵是善於觀察並分析自己園林的特點與需要。舉例說，斑馬草姿態如劍拔弩張，白綠相間，必須選擇光照充分的空曠處，四圍淘汰了競爭者，才可能突顯其卓立不群的性格。而形狀略似但葉身比較委婉的紫紅血色草，則要選顏色淡雅形狀樸拙的岩石爲伴，始見其美。

距住家約二十分鐘車程的百事可樂雕塑園，有一尊巨大鋼雕，色澤深沉近黑。園林設計人在背景地域環植紫紅葉歐洲山毛櫸，前景地下，草坪邊緣，選用黑葉書帶草布置圖案，遠觀近玩，彷彿讓人置身墓園靈堂，莊嚴肅穆，不由自己。

百事可樂雕塑園還有一塊以各類觀賞草鑲嵌拼砌而成的展示區，我特別取名爲「百草園」。「百草園」內各種觀賞草大小高矮不一，矮者貼地而生，高者過人頭頂，其間配色從白、黃、綠而至於褐、紫、黑。夏秋之交，草類結實，穗粒穗條的形狀與顏色也相映成趣。

我園因大樹蔭蔽，陽光明亮處早爲優先爭春者占滿，不得已，只好於牆角籬邊增添一些顏色，故觀葉植物以不畏陰的大葉玉簪花爲主。

玉簪之爲物，葉大花微而間有異香。傳統中國種的玉簪，只有綠葉白花的一種，香味固佳，但葉色不合我的需要，故只聊備一格。我重用的是美國近幾十年來大力育種推廣的各種變葉玉簪，其中品種變化無窮，銀邊綠心或綠邊銀心者參雜種植，足以形成鑲嵌圖案效果，但我嫌它們過於嘈雜，繁殖到一定程度就實行分植搬家。顏色調配以葉形大如芋葉的金黃色sunflare與葉面凹凸自然形成如泡泡紗的深藍色Grand Daddy爲最佳，但兩者對陽光的要求不同，故應選擇光照過渡地點，利用牆的高度區隔，方能相得益彰。

變葉玉簪如今在一般商業苗圃都有供應，新品種如Great Expectation，綠色的葉面中間彷彿鑲著一張金黃的楓葉。育種專家每年都推出不少新品種，越新越奇當然就越是物以稀爲貴，且只能在極度專業化的苗圃才能買到。

以玉簪調色有一大遺憾，它們的葉色變化雖多，但基本色調限於黃、白、藍、綠。夏天一片綠海之中，少了紫的清涼與紅的喧鬧，不免寂寞，這就要用鐵線蓮來補救了。

而鐵線蓮又是一門不大不小的學問，也許改日再談吧。

番茄南瓜韭菜蔥

早就說好了，咱們只做園藝不搞農活，用心審美而不事生產，園名既稱「無果」，一切經濟作物自當摒諸門外。不料老妻自今春退休以來，從朝九晚五的制式生活裡解放出來，突然熱火朝天，全力投入園事，我這個俗人堅持了二十年的雅興，看來岌岌不保了。

首先是母親節收到難得孝順的兒子送來若干番茄秧，而且在電話裡強調：老爸不是喜歡義大利通心粉嗎，這個品種擠壓出來的番茄汁，又香又甜，可做上好的配料……。怎麼辦？這又不是買賣，無法退貨的。收到以後不種也不行，總不能將老娘心喜的禮物毀屍滅跡吧！

爲了這幾株番茄秧，可是絞盡腦汁。當初決心排除瓜果蔬菜，倒不完全是非雅不可。所有供食用的植物，無論以根、莖、葉、花或果爲人服務，都跟向日葵似的，若無充足光照便難以健康生長。你幾時聽說過濃蔭深處還能快活的瓜果蔬菜？問題是，我們這裡，土地雖略有些面積，卻大部分爲參天大樹原始林所占，而凡是有陽光直射的地方，二十多年下來，早已種得滿坑滿谷。勉強種幾棵番茄倒也罷了，要我把多年來已經成形的向陽角落挖開，重新布局，那就辦不到了。

有一天下午，正在陽台上喝茶，偶然回首，見一金花鼠飛快掠過水泥地面。腦子裡閃過一念：何不就選這塊水泥地種番茄？

水泥地如何種番茄？且聽我細細道來。

這塊地說大不大，卻也不算太小。當初整治它，用混凝土和以紅色顏料並打上方格，目的是在自家院子裡創造運動場地，供父子三人練習棒球。全院子裡面，地勢最平坦陽光最足處，就這麼一塊，原屋主在此開闢了菜園。七歲和十歲的兩個兒子每天放學後在這裡玩，因爲菜畦高低不平，往往摔得鼻青臉腫，這才下決心花了三千美元雇工修建成小操場。二十多年來，我想方設法爲各種植物尋找陽光，可不知什麼緣故，腦子裡的這塊地，好像定了型，雖然兒子早已長大成人遠走高飛，它卻始終是父子三人玩球的地方，從來沒想過其他用途。

我從去年拆陽台餘留的舊材料中找出四塊木板，長六尺寬六寸，接頭處打長釘固定，做成方框。四角以方磚墊高，再將若干黑色塑膠垃圾袋裁開，置於水泥地上方框之內，選上等表土、泥炭土與河沙均勻攪拌填入，水泥地上於是出現了番茄園。

今年春夏的陽光雨露特別協調，晴上半天一天總不忘下點小雨，施肥兩、三次之後，番茄秧生枝發葉開花結果，豐收在望。

老娘喜不自勝之餘，不料又激發了更大的野心。

「我留下一些南瓜種子，要不要試試？」語氣雖然輕鬆，我要是充耳不聞，肯定沒好日子過。

從去年夏天加州探親歸來，南瓜早已成爲我們家的頭號健康保命食品。

南加州有一家台灣人開拓的蔬菜農場，歷年來的加州之行，回程前必免不了造訪一次。採購單內容豐富，除韭黃、莧菜、山藥、茭白等紐約地區因氣候限制無法常年供應的中國蔬菜之外，最不可不帶的是新出土的竹筍。此間華人超市或唐人街菜攤雖偶然可以買到，一則不夠新鮮，要價且十倍不止。農場主人因爲我們親戚是常客，每次買菜一定親自下地割筍。如此得來的鮮筍，口感極佳，連煮熟了都像水果。五花肉切成方塊，肉皮抹蜜加筍丁共烤之，肉餘焦香而筍Q甜，無上美味也。當然，五花肉對於人體健康不免有些威脅，尤其是膽固醇過高的中、老年人。我只好以 lipitor 對付之，飯後一粒，換回心安理得。

加州親戚是生機食品的忠實信徒，南瓜是去年發現的新寵。據說，南瓜的營養價值遠超出人們的想像。加州親戚大力推薦的南瓜並非美國人萬聖節流行的那種高大笨重品種，而是日本的小種南瓜。瓜形似麵碗，大小也相若，營養價值倍增，而且味道鮮美，但價值不菲。紐約一帶韓國人開的蔬果店通常買得到，每磅約一塊三美元。南瓜體小質重，小小一個瓜，居然與清蒸盲鰽魚同價，加州旅行一趟，可以省下至少一半。老妻通常的做法是削皮切塊蒸熟，放入果汁機內加豆漿攪拌，打成濃汁，成爲半流體半固態的健康食品，每天兩、三大杯，我也不免被強迫吞食，雖欲抗拒，卻力不從心，實在是因爲它外觀固然不雅，味道倒也不差，何況傳說中的保命營養，似乎並非子虛烏有。

網路上有些報導，除了預防膽固醇過高和風濕，南瓜子含有一種化學物質，叫做 cucurbitacins（葫蘆素），可以阻止身體將睪丸酮轉化爲二氫睪酮（dihydrotestosterone）。二氫睪酮減少對中、老年男性的恩德可大了，沒有這種荷爾蒙，前列腺就無法製造新細胞，當然也就避免了腫大和其他更複雜的症狀了。《美國臨床營養學報》二〇〇五年九月報導，四十五至九十二歲的男性當中，每八個人就有一個因骨質疏鬆而骨折，病因多由於身體的鋅含量不足。南瓜不但提供足量的鋅，還飽含鎂、錳、磷、銅、鉀、鐵和色氨酸等微量元素，蛋白質、維生素A和維生素E也不少。除此以外，最新醫學研究發現，食物中如果含有豐富的胡蘿蔔素（beta-carotene），證明有助於減少許多癌症的發生，並可預防心臟病。南瓜富含胡蘿蔔素，也是早經證明的。

天下還有比南瓜更好的救命寶貝嗎？

於是，番茄框旁邊，不久就增加了另一個方框，埋下九粒南瓜種子。

水泥地座北朝南，太陽由東向西運行，自春至秋本應每天有十小時以上的直射陽光，不幸北邊恰有一株老橡樹，遮去半邊天空，發芽後不過五、六個禮拜，南瓜藤宛若九條游龍，爭先恐後，全部向西匍匐前進。本來還想搭個竹架，老妻又有新主意了。

「韭菜根丟了可惜，不如給我再釘個框框，以後想吃炒蛋炒肉絲，隨時剪，多方便！」

「還有蔥……」

蔥是我暗中訂下的最後一道防線，不過，坦白說，我的抵抗力最多維持一年。老妻早已全面部署，各地親朋好友接聽電話，紛紛寄來種子：小黃瓜、青江菜、四季豆……。明年春暖花開時節，能避免無條件投降的命運嗎？

一丈紅

車子穿越了幾百里荒寂乾旱的戈壁灘，忽然從隧道裡面鑽出來，眼前一亮，高速公路的安全島上，林立著一行行姹紫嫣紅的高大花株。同行的老朋友失聲嚷道：「哇！這是什麼花？怎麼從來沒見過？」也難怪，老朋友常年住在台北，這種原生地在中亞細亞的植物，亞熱帶的台灣不但少見，可能根本就沒有人種。至於能不能種，連我都不十分清楚了。

中飯安排在蘭州近郊的一家餐館，窗外籬邊，又出現了這種花似木槿葉似芙蓉的植物。餐後閒暇，恰好看到有人在整理花床，我便踱過去閒聊。

「這東西，」看來像是老於此道卻帶點南方口音的這位先生說：「我們叫它一丈紅，本地人叫蜀葵，也許最早是從四川傳來的吧！」

顯然是看我十分熱心，談著談著，他便塞了一把種子在我手裡。

「回去試試，說不定台灣也能活呢。」他說。

我把種子分了一半給老朋友，不久也就忘了這小小的插曲。

不料，三個月之後，突然接到台北來的長途電話。

「我都照你說的做了，現在統統發芽了，一共三十幾棵，怎麼辦？」

老朋友多少也是個「花癡」，退休後，目前在自家屋頂陽台上鍛鍊「綠拇指」。我教的方法叫做stratification，中文譯爲「分層沙藏」。這個譯法可能有點問題，因爲原意似指在缺乏冷凍設備的地方因地制宜而創造出來的土冷藏法，例如華北農村挖地收藏蘋果。熱帶和亞熱帶地方種鬱金香，園藝上有個做法，可以解決球莖無法過冬的問題。即將球莖置於塑膠袋內，放在冰箱的蔬果欄內（約華氏四十度左右），一個月以後取出，即可入土。我教老朋友的就是這個辦法。因爲考慮到原生在四川或中亞的蜀葵可能無法適應台灣的氣候條件，才想出來這個變通辦法。老朋友照我的話，把分給她的種子放進冰箱冷藏了一個多月後才播種，結果居然出芽，難免喜出望外。

「怎麼辦？」

最難是怕它們拒絕發芽，既能發芽，以後就好辦了。

「現在剛發芽，只有子葉，暫時不動，等眞葉長了三、四片之後，再移植於鉢內。但要記住一點，這東西如果不加限制，可以長到一、二公尺高，妳那裡的陽台怎麼容得下。有一個辦法，移植時，把直立根削去一半，側根斷去若干，恢復生機之後，雖然到不了一丈紅，半丈的效果也不會太差吧！」

蜀葵的拉丁學名是Althaea rosea Cav.（Alcea rosea L.），俗名Hollyhock，屬於錦葵科（Malvaceae）。根據英國學者Graham Stuart Thomas的研究，西方人最早「發現」它是一五七

三年。中國人的庭園栽植可能更早，唐人仕女畫和敦煌壁畫中都可以看到。由於這種植物身材高大壯美，花又有單瓣、複瓣之分，花色更由白到紫無不俱備，近年來，英國人大量應用於多年生草花圃（由於它身材高大、外形雄壯，故多配置於斜角或後方，更常與飛燕草、薰衣草和毛地黃一類高拔挺秀的多年生草花參差並植），因此更加促進了商業上的繁殖與配種。我前幾年曾在一家苗圃發現一個烏紫近乎黑色的品種（品名**nigra**，意即黑花，英國人常用其花瓣泡茶），買了半打試試。不料不但當年無花，且葉片生鏽，第二年全軍覆沒。慘敗之後，才下了點工夫，終於明白這種表面看來雄壯的北地胭脂，酷暑苦寒全不放在眼裡，卻怕一種小小的眞菌。擔子菌類（**Puccinia malvacearum Bert**）所誘發的蜀葵鏽病，如不及早治療，便有性命之憂。治療的辦法倒也不難，只要農藥中含有硫磺的成分，多能藥到病除。

中國人也許因爲培養此花的歷史悠久，說法就更多了。除了北方叫蜀葵，南方叫一丈紅，各地還有熟季花、瑞陽花、戎葵、吳葵和衛足葵等不同的名稱。其中衛足葵的叫法最好玩，據說是因爲葉片向陽，遮住了根部而得名。梁代詩人王筠曾以賦贊之，有句云：邁眾芳而秀出，冠雜卉而當闈，既扶疏而雲蔓，亦灼爍而星微。評價可以說是相當高了。還有一種插花的技巧也值得介紹一下：案頭清供，宜以滾水注瓶，以硬紙塞口，或以石灰塗花枝，乾燥後再插，則滿枝花蕊可以全開，葉片也能保持鮮嫩。中國人當然還有個無花不可以入藥的習慣，因此盛傳，蜀葵的花、莖、根、葉、子都有治病健身的功能，清熱涼血，排膿利尿，不一而足。唐代還有人用蜀葵葉製紙，紙色黛綠且有光澤，入墨精采，稱爲葵箋，可惜這種技術已經失傳。

我帶回來的半包種子卻採用了不同的做法。此間氣候條件與蘭州相彷彿，遂擇秋後晴和無霜之日，選光照充足排水良好之地，每隔六寸左右播種一粒，覆以細紗並蓋上一張透明塑膠膜，以防冬雪寒風。次年天氣轉暖，揭去膜，靜待發芽滋長。蜀葵據說一共有六十多個「種」，近年來由於庭園用途日廣，雜交育種之風大盛，爲了培養更加強壯的植株和多樣的花形花色，育種家往往採用俗稱「西伯利亞葵」（Alcea ficifolia）的黃花種作爲親本。我在長島的老威斯伯瑞花園（The Old Westbury Garden）便曾看到過由大批優種蜀葵群植而成的壯麗畫面。

蜀葵的莖稈挺直粗壯，幾乎與麻相似，事實上，中國確實有人利用它的強壯纖維漚製麻繩。葉片則圍繞莖稈環生，小者如芙蓉，大者如梧桐。葉腋生花，莖稈成熟時，頂端還冒出總狀花序，因此之故，凡發育生長良好著花繁密的蜀葵，都可以產生由下至上一條大花串的驚人效果，一串紅的別名或許由此而來。

我至今無法想像，老朋友的屋頂天台上，有朝一日，三十幾盆一丈紅，如果培養得法，全部盛開時，究將引起多大的騷動。

我這裡的未來，倒是比較容易預測。

可以設想，一、二年之後，等這批一丈紅的宿根強壯到一定的程度，保證其開花效果足以顛倒眾生的時候，我將於春夏之交，邀請方圓二、三十里內那批既愛美又因思鄉而日見憔悴的藝術家朋友們，舉辦一個不醉無歸的盛筵。

屆時或許可以宣布：這批奇花異草絕非美國商業苗圃的產品，它們全是蘭州近郊一家餐館籬邊那群一丈紅的子孫後代！

鐵線蓮

在〈調色〉那篇文章的結尾處，我提出了以鐵線蓮補夏季一片綠色之不足的看法，因篇幅所限，未及細談。

鐵線蓮的中文名稱起因不詳，但不難推知。這是一種匍匐型植物（creeper），它的動態是靠生長期間的攀緣蔓衍形成的。我們應該有一個觀念：植物與動物的分別不在於「能不能動」，植物的生長就是一種運動，與動物不同的是，植物的運動只能一往直前，不能回到原點。從這個觀念出發，匍匐植物與一般植物不同，它的運動方向不一定向上，而取決於生長期間找到的支撐物。種南瓜的人都知道，陽光直射的地面就是它的支撐物，因此，南瓜的運動，基本上是在平地上向四面八方擴張，尋找地盤。鐵線蓮也可以採取這種形式，有一種俗名叫做「甜秋」（Sweet Autumn）的白花鐵線蓮，花季在秋天，異香撲鼻，庭園布置中常見的方式即當成一種覆地植物（ground cover），用以裝飾草坪邊緣，或作爲花圃或步道間隔的配置。

雖然有這麼一格，但鐵線蓮的主要培養方式，還是與牽牛花、蔦蘿一類攀爬植物一樣，讓它沿著自然或人工的支撐物，向上運動到一定的高度，再自然下垂。如此形成的景觀，不僅在「調色」上發揮作用，而且增加線條的飛動趣味。

中國人爲之取名鐵線蓮，大約是從這種觀賞方向中得到的靈感。鐵線者，因其莖細硬灰暗如鐵絲，如不直立面對，不易察覺。其花色則從單純的紙白到絲絨紫藍，無不俱備，且無論單瓣重瓣，大體皆似睡蓮。中國人因爲沒有分類學觀念，爲花取名字多通過比擬聯想手段。君子蘭與君子何干?也非蘭科。鐵線蓮又一例證。

鐵線蓮的英文俗名Clematis，取自拉丁學名的屬名。Clematis屬（genus）共有兩百多個種（species），種名各異，故能識別。Clematis 這個字的字源是希臘文「klema」，意思是「卷鬚」。命名者抓住的是鐵線蓮匍匐前進時緊握支撐物固定身體的特殊方式。

匍匐前進是一種生存策略，生長在林地底層或山崖水邊，如何從眾多競爭者中尋得一條生路，接近生命之源的陽光，各有各的辦法。紫藤的莖蔓，本身自然形成順時針或反時針方向的纏繞，以捲曲的力量抱住支撐物，從而節節上升。南美洲和印度洋島嶼上的喜林芋（Philodendron），則利用鬚根抓住粗糙的樹皮，向樹冠處找陽光。常春藤（Ivy）和爬牆虎比人更聰明，人類的維可牢（velcro，魔鬼粘）技術，得等到二十世紀才由瑞士人Georges de Mestral（1908-1990）發明，利用尼龍刺互粘的性能，代替了鈕釦。而常春藤和爬牆虎等植物，早在人類出現之前，就已知道利用支撐物表面的凹凸不平與極細纖維的附著，創造了風力不能動搖的固定技術。

鐵線蓮的莖藤，雖如鐵線，但抓不住支撐物，它利用的是葉梗。葉梗（leaf stem）或稱小葉柄（petioles），細而有力如卷鬚，抓著任何支撐物就轉彎纏住不放。由於葉梗細而短，彎曲度大，種鐵線蓮使用的人工支撐物也就與紫藤等不同，竹竿木柱鋼架都無效，因爲太粗（超過四分之三吋就不行）。我的經驗是，最好利用透明尼龍海釣重磅魚線。由於透明，鐵線蓮枝繁葉茂花滿樹之時，尼龍支撐物便視而不見。又由於尼龍線本身柔軟，還可以順植株的生長蔓延，任意造形。

搜索我腦中所有有關台灣的記憶，似乎找不到鐵線蓮的影子。然而，根據文獻記載，中國原生的鐵線蓮就有約一百二十個種，不限於溫帶北方。事實上，目前歐美園林中廣泛種植的品種，大多數是歐美原生種與東亞種的雜交後代。台灣也許也有自然發生的鐵線蓮，或許因爲原生種的花形花色不夠引人注目，種植不廣。尤其因爲亞熱帶氣候的影響，九重葛自中南美洲引進後，氾濫成災，公路旁、院牆、房簷屋角與庭樹，都成它們的天下，而拚搏性不強，性格比較溫柔敦厚的鐵線蓮，相對失去了地盤。

然而，如果你不喜歡濃妝豔抹，鐵線蓮的溫和淡雅色澤，其實是調劑盛夏的上選。鐵線蓮的種植培育，當然要比九重葛一類野性不馴的生命難度稍高，但要求還算合理，不妨介紹一下我的經驗。

首先，它喜歡偏鹼性的土壤，pH值大約在7.0至7.5左右。酸性土壤可以加上一些農用石灰調製，初植應將近根處的頭兩個葉節（leaf node）埋入地下，以便鼓勵多發莖枝，最終形成較豐滿的植株形態。

施肥不宜過多。一年一次就夠。我使用的是氮磷鉀三元素平衡的顆粒肥（10-10-10），隨生長季節灌水融化而徐徐釋放，既符合生長需要，又防止肥重傷根。開花前酌量施加有機磷肥，效果更佳。

初次向苗圃購買時，老圃教導，學會了一個要領，叫做：「頭進陽光腳入蔭」（Head in the sun, feet in the shade）。這是因爲鐵線蓮的根部性喜陰涼潮濕，向上運動的枝葉，當然是陽光越多越好，葉綠素有充分的機會製造營養，才有可能達到滿樹生花的效果。爲了達到這一要求，我學會用腐殖土拌和碎樹皮做成覆蓋層（mulch），大約四、五英寸厚，堆在根部附近。唯應切記，覆蓋層的材料吸水性強，長年潮濕貼近莖部，容易造成莖爛或引致病蟲害侵襲，故覆蓋層的堆疊，至少應距主莖半英尺左右。

台灣既屬亞熱帶，而鐵線蓮並非常綠植物，秋冬是否落葉，不得而知。此間種植，對於冬去春來的植株休養生息循環，必須注意整枝（pruning）。整枝技術不好，則不但植株生長不良，著花也稀落無常。

這一帶苗圃出售的鐵線蓮苗木，一定註明整枝要求所屬的類型。一般分爲A、B、C（或1、2、3）三類。初春天氣冬眠芽開始甦醒時爲整枝期，屬於C（或3）組的鐵線蓮，每年初春要把整棵植物的莖葉全部剪掉，地面上只留三、五主莖約一英尺左右，以待植株重新生長。B（或2）組者，則應剪去經冬受損的枝蔓，並將植株中間部分生長過於繁密處打薄剪稀即可。A（或1）組的整枝工作最簡單，只須剪去枝蔓尖端部分，主莖千萬不可斷，一斷即無生機。

整枝是北美洲庭園培養鐵線蓮的重要知識，歐洲的做法也一樣。我初試此物時不察，兩、三年成效不彰。

還應提一下病害問題。

鐵線蓮開花期一到，往往發現莖桿有腐爛現象。這是眞菌造成的病害，無藥可治，往往從接近地面的莖部侵入。唯一的救濟是將病莖全部剪除，其他健康莖仍有生長繁衍機會。眞菌孢子傳染速度快，一發現朽爛即應當機立斷，遲疑不決可能全軍覆沒。

鐵線蓮有些品種，開花期綿綿不絕，一波又一波，直至霜雪降臨。那時節，茫茫大地一片銀白，彩色繽紛，或許已是多餘。

無菊

美國沒有中秋，包括唐人街在內。唐人街當然有些應景的東西，四邑人開的糕餅店，廣式月餅至少賣了上百年。近十幾年，大陸移民蜂擁而至，新移民最難忘情的還是故土，中秋佳節，免不了想方設法過上一過，因此，各式各樣的食品和用具，目前也已充斥市場。然而，在美國這個大環境裡，無論怎麼「應景」，氣氛總之不對，年長日久，過節的心情漸漸淡了。

中秋無菊，很可能是中秋不像中秋的主要原因。

其實，美國並非沒有菊花，只不過，他們所謂的「菊」，跟我們腦子裡的那個「菊」，彷彿不是一樣東西。到處苗圃花店，九月勞工節之後，紛紛推出盆菊，從這個時候開始，直到十一月底的感恩節，家家戶戶的庭院裡、窗台上，都忙著換裝，此時此際，夏花萎謝，綠草初黃，大地彷彿被一種死亡氣息鎮壓，需要一些顏色。北國秋景，千里楓紅最爲壯觀，但落葉喬木換季，在人的腦子裡，也是死亡象徵，適時推出的盆菊，因此而有些化解的作用。但美國人所謂的mums，中文雖譯作「菊」，而且與中國人心裡的「菊」，都屬於植物分類學上的同一個家族，卻好像是完全不同的東西。

德國學者Leo Jelitto 和 Wilhelm Schacht 所寫的大部頭著作*Hardy Herbaceous Perennials*（Michael E. Epp 英譯），花了五頁篇幅介紹菊花，並按其習性和用途分爲三大類：岩石園和石牆引種的低植株菊種；園藝用菊；和用於切花和花圃以及高植株的野花種。三大類菊科植物大概涉及兩百個不同的種，但從頭到尾沒有一字提到我們中國人在中秋節持螯賞菊的文化，也看不到每年從深秋至春節期間各地花會菊展中出現的爭奇鬥豔品種。

因此，中秋所以不像中秋，其實並不是因爲無菊，而是少了中國人特有的菊文化。

菊文化在中國，由來久矣。

兩千多年前的《禮記》裡面就出現了「季秋之月，鞠有黃華」的句子。屈原曾在《離騷》裡寫過「朝飮木蘭之墜露，夕餐秋菊之落英」。宋代至少有范成大、劉蒙泉、沈競和史正志四位名士寫過《菊花譜》。歷代詩人畫家藉菊詠懷抒情的作品更是不可勝數，事實上，「菊」已經成爲中國俗文化中代表品德與身分的符號，菊花這種植物的經濟用途，從茶到酒到漢醫裡的各種藥方，早就深入人心、普遍使用了。

近代人物裡面，我知道曾以「鴛鴦蝴蝶派」成名的周瘦鵑先生是眞心愛菊的。

周瘦鵑（1894-1968）蘇州人，曾在《小說月報》發表劇本《愛之花》，並先後主編《禮拜六》、《紫羅蘭》、《半月》、《樂觀》等期刊，抗戰初期傾多年賣文積蓄在蘇州購置「紫羅蘭庵」，與當地名士范煙橋、程小青、蔣吟秋等遊，寄情於書畫文玩、花木水石，成爲近代中國的盆景大師。據說他曾雇擅長養菊的花王張錦主持，在紫羅蘭庵對面特地租下一片陽光充裕的空地專門種菊，鼎盛時期超過千盆，搜羅品種不下一百，黃色系的名種有：金芍藥、黃鶴翎、御袍黃、鶯羽等；紫色系有：碧江霞、瑪瑙盤、雙飛燕、紫羅傘等；紅色系則包括：醉楊妃、繡芙蓉、鶴頂紅、錦荔枝等。周瘦鵑每以品種搜羅俱全自豪，曾謂「管、鉤、帶、鬚、匙、托冠、武瓣（按：指菊瓣的各種造型），無所不有，常熟人認為最名貴的小獅黃，揚州人認為最名貴的虎鬚和翡翠林，也一應俱全。」他甚至搜到了一般菊譜視為絕種的碧玉如意和春水綠波等綠色系的菊種。

根據周瘦鵑的記載，一九四九年中共建政後，菊文化似乎並未消失，反而有一定的發展，當然，發展的方向是否符合傳統，是可以討論的。一九五四年十一月，上海市人民公園辦了一個規模不小的菊展，「有直徑十二公尺的大菊花山，有用無數盆白菊花排列而成的和平鴿圖案，有好多種用各色菊花精心紮成的花字標語……還有一座用菊花紮成的『世界人民大團結萬歲』九字菊花大屏風，下面七道噴泉飛珠跳玉……。菊花共六萬盆，南北品種多至四百餘……。」

近年來，隨著經濟上升，生活水平提高，每年秋冬之際，大城市的花會菊展必然又有新的發展，文化風氣似乎在崇洋與尋根之間徘徊，周瘦老一九六八年被紅衛兵搗毀家園、迫害至死的悲劇，或許不致重演了。

海外沒有菊文化，中秋思親難免落空，我因此也曾小試身手。

記得童年時期在台北過中秋，父親一輩的親友往往藉過節機會相聚，也曾有過各家將自種盆菊帶來相互欣賞的場面。那時候的菊文化，不免有喪亂悼亡懷舊的意味了。我試種菊花，似乎大體相若。

此地沒有長輩指導，「菊譜」一類參考書更不可得，若想從此間苗圃中尋名種，實如緣木求魚。但父親過世後那幾年，中秋尋菊的願望特濃，有一年春天，恰好在長島一家苗圃發現了若干日本種的菊秧，又在Timber Press的郵寄目錄上找到了Harry Randall和Alan Wren合著的*Growing Chrysanthemums*，遂按書中所列的各種技術要求，配土、灌水、立柱、施肥、除蟲、整枝、摘芽，步步為營，絲毫不敢怠慢。不料那年中秋節前，恰好有事出門，更不幸的是，出門期間突然一陣暴風雨，早開的盆菊慘遭蹂躪，只剩下五、六盆剛打苞的，雖有折損，還能趕上過節勉強開了幾朵。

上個月收到香港一位老朋友來信，還特別問我：菊花究竟有什麼詩味？老實說，就花論花，若非一些文化上的聯想，菊花的顏色與形狀總覺與美感之間隔著點什麼，說它像塑膠花未免過於苛刻，但要衷心讚美也似有不甘，想來想去，終於恍然大悟，菊花之所以不太讓人動心，主要還是因為它開花的季節選得不好。試想，秋冬之際，大地蕭索，萬物凋零，伴著冷風淒雨，誰有賞花的心情？李清照的悲秋，陶淵明的悠然，實與美感無關，不過是睹物傷情，藉景抒懷而已。

中秋無菊因此也無須懊惱，反正，何止是中秋，這麼些年來，不是清明、端午、中元、重陽、春節……，凡與傳統時序節令有關的文化細節，全都漸漸流失了嗎？不過是海外生活必不可免的文化失憶症罷了。

輯四●天涯行旅

出門難

好久沒出門旅行了，重溫那種不大不小的慌亂與緊張，竟有些不知老之將至的感覺，遂恍然大悟，原來旅行的好處之一，就在於旅行的準備工作。它迫使你打亂生活節奏，讓習慣已久的那套程式，重新組合。

原以爲到了這把年紀，不可能再爲一趟遠程旅行「動心亂性」的，不料事實不然。

小時候的經驗當然不足爲準，但不妨作個參考。

記得是讀東門國小五年級，老師帶隊去大溪遠足。前一天晚上興奮得無法成眠，滿腦子裡轉的都是剛讀完的那部《西遊記》的風景。大溪雖然看不到火焰山、流沙河，第二天上課還是寫了一篇了不得的遊記，把自己幻想成歷經劫難終能脫險的唐三藏。

鄭老師大爲賞識，把稿子寄給《中央日報》。當時的《中央日報》，每禮拜有一版《兒童週刊》，主編的名字叫做陳約文。說不定是個左派呢，因爲〈大溪遊記〉刊出後，收到了一包獎品，其中有一本書，書名《小先生》。內容卻是通過上海富豪網球場打工的一名少年球童的眼睛，表達對社會貧富不均的憤慨。讀的時候不知道，現在終於明白，這輩子隨身攜帶的那種帶有階級色彩的「正義感」，竟發芽於那粒種子。

一次旅行經驗而能對人的心靈產生如此深刻的轉化，是我從小便體會過的。

近些年來，不知什麼原因，彷彿感覺旅行變化心境的功效逐年遞減。

朋友問：怎麼好多年不見你寫小說了？

我答：不爲什麼，只因對這個世界，不再有好奇心了。

其實，捫心自問，好奇心還有一些殘留，卻只是不免依附於感官的或理性的層次，與所謂的「心靈」，毫不相干。

舉例說，每年到了五月前後，空氣像著了火，內裡像發燒，便想像著，如果要追求幸福，不能不往英倫三島跑一趟。美國幾家重要的園藝雜誌，每年深冬必然刊出「深度旅遊」廣告，只要交一筆錢，便能參加有園藝專家帶隊的旅行團，遍訪諸大名園。

在專家的帶領下，看經典的園林如何設計，看名家大師如何運用設計原則，學習他們的林地布置（woodland planting）規律，發現多年生草花圃（perennial border）如何適當配置植株、葉形、花色的奧祕。這是勝讀十年書的難得機會，何樂而不爲呢？

然而，每年到了五月前後，正是「行不得也」的時候。每年五月前後，這個辛苦經營因而不得不敝帚自珍的「無果園」，就有一場大會戰。

首先，園內長達千呎的尼龍拒鹿工事，這時可以拆樁收網了。受保護的上百杜鵑，冬眠花芽次第舒展，脫離了險期（鹿只愛吃花苞），可以讓它們盡情舒放了。

其次，盆栽也從長睡中醒來。根系開始復活，需要吸收營養。枝頭的冬眠葉芽，紛紛飽脹，露出了鵝黃嫩綠肉紅。得趁春日晴好，重新裝盆、換土、剪根、整枝、摘芽……。

此外，牡丹圃必須盡早鬆土、施肥、灌水。霜期已過，百日菊應該開始移植。而南牆下爲蔦蘿與牽牛花配置的竹架，也到了除舊換新的時刻……。

春雪融化，排水溝渠得趕快疏浚；草地枯黃，得趕快打氣孔，補草種；日本楓經過一年的旺盛生長，如今枝繁蔓而錯亂，得趕緊切枝斷頭整形，薔薇與紫藤，也到了不整理便亂成一團的局面……。

五月行不得也。

再舉一例。

早就嚮往著亞馬遜河流域的原始熱帶雨林了。三年前，大妹從台北打電話來，說妹夫洪如江的表妹，移民巴西聖保羅多年，最近邀請他們一家前往一遊。除了熱帶雨林，還可以領略南美第一大國的拉丁風俗民情，問我是否有意願同行？

有當地的親戚接待安排，更解決了語言不通的困擾，可以說是天賜良機了。

不料，一切計畫完成，竟似天譴人禍，SARS病毒造成了瘟疫般的恐怖，遠在天涯的主人，委婉建議：巴西入境當局可能對台灣來客過於緊張，也許順延一年較好……。

從台北飛巴西，有點像從北極往南極，這樣的旅行，本來就得摒擋一切，有點魄力，才有可能。這一蹉跎，前緣難續了！

讀者服務卡

您買的書是：______________________________

生日：________年________月________日

學歷：□國中　□高中　□大專　□研究所（含以上）

職業：□軍　□公　□教育　□商　□農

□服務業　□自由業　□學生　□家管

□製造業　□銷售員　□資訊業　□大衆傳播

□醫藥業　□交通業　□貿易業　□其他____________

購買的日期：________年________月________日

購書地點：□書店　□書展　□書報攤　□郵購　□直銷　□贈閱　□其他

您從那裡得知本書：□書店　□報紙　□雜誌　□網路　□親友介紹

□DM傳單　□廣播　□電視　□其他

您對本書的評價：（請填代號 1.非常滿意 2.滿意 3.普通 4.不滿意 5.非常不滿意）

內容______　封面設計______　版面設計______

讀完本書後您覺得：

1.□非常喜歡　2.□喜歡　3.□普通　4.□不喜歡　5.□非常不喜歡

您對於本書建議：

感謝您的惠顧，為了提供更好的服務，請填妥各欄資料，將讀者服務卡直接寄回或傳真本社，我們將隨時提供最新的出版、活動等相關訊息。

讀者服務專線：（02）2228-1626　讀者傳真專線：（02）2228-1598

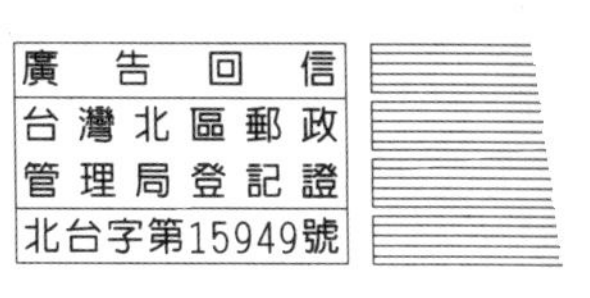

235-62
台北縣中和市中正路800號13樓之3

印刻出版有限公司　收

讀者服務部

姓名：________________ 性別：□男　□女

郵遞區號：__________

地址：______________________________

電話：（日）______________ （夜）______________

傳真：________________

e-mail：______________________________

現代人的旅行，早已失去了原汁原味，去Livingstone的「探險」與徐霞客的「考察」遠矣。在現代商業機制的發展操控下，「探險」成了旅客與旅行社、航空公司、觀光飯店、紀念品專賣一類機構與服務人員之間的正面交涉與負面勾心鬥角；「考察」則演變成包裝觀光產品（包括表演）的浮光掠影與走馬看花。

這種性質的旅行，教人如何出門？如何興奮？

沒想到，久未靜極思動的我，竟眞的走出家門，要往中國的大西北跑一趟。

四年前，確實曾經動心，報名參加了一位聯合國老友組織的絲綢之路旅行團。大唐長安的歷史風煙與西域文明的遠古遺存，對我而言，不僅有知識上的吸引，還彷彿有一種類似文化傳承與生命起源的召喚。

那次的旅行團，請到了大陸一位專研敦煌學的大學教授領隊，我因此動心，卻因內子突然發現腸癌，緊急開刀，臨時取消。

這次的絲路之旅，雖由一般的商業旅行社主辦，但有一個特點，團員中百分之五十是我們家族成員，兄弟姊妹中，有四家人參加，故雖與「探險」、「考察」無關，卻是家庭團圓共度一段時光的懷舊之旅。加上不時在媒體上看到，中國的大西北，即將成爲沿海、長江流域之後第三個重要的經濟開發區。一旦資金、人員、廠房和各種工程項目大批湧到，絲綢之路經過千年荒漠化逐漸風蝕的古蹟殘餘，還能剩下多少？

出門仍須趁早，尤其要趁這兩條腿還有幾斤力氣的時候。

然而，如今出門，再也不能無牽無掛。臨行前一個禮拜，每天忙著安排布置。

水族箱裡養著九條活潑燦爛的名種錦鯉，得用英文詳細開列一張說明書，指示兒子定期回家，逐條辦理。

後園新開闢了一片草地，撒下的種籽都已發芽。這片草地特別難纏，因爲上面有十幾株參天巨木，林蔭深重，必須選用嬌貴的「蔭地」配方草籽。出芽後兩、三個月，適値盛夏溽暑，澆水便得定時而充分，只能把灑水設施布置好，拜託鄰居幫忙管理（我對自動澆水系統完全沒有信心）。

盆栽數十，得於林蔭深處重新搭架避難。

室內室外的名種蘭科植物，得一一按光照、溫度與水濕的需要，分批寄存同好照顧。

出門一個半月，防盜措施不能不做。

郵局得打個招呼，或託鄰居代收。

通知《紐約時報》暫停送報，已付報費轉贈慈善用途。

此外，旅行期間，不能忘了全套「救生」設施，包括降膽固醇藥、止瀉藥、抗胃酸藥、跌打損傷藥……。

更不用提護照、簽證、旅行支票、機票……。

這個年紀出門，竟因此也有幾分「冒險犯難」的精神似的。

上海在翻騰

多承老友沈明琨夫婦熱情招待，這一次的上海之行，與往年大不相同。既沒有宣傳統戰意味濃重的官方「陪同」指手畫腳，也沒有走馬看花形式的商業「導遊」軟硬推銷。這是我生平第一次在上海的大街小巷自由出沒，感覺可以用自己的眼睛，在不受外力干擾的心境中，仔細觀察體會中國最大都會的翻天覆地變化。

解放前後的上海，一共只去過四次。童年時代隨父親赴台就業途中停留的那一次，當然不可能留下太深刻的印象。然而，那一次的印象，經過幾十年的光陰磨損與淘洗，雖然只剩下若干老照片式的回憶：外白渡橋黃包車後面跟著的一群乞兒；大世界樓下的哈哈鏡與樓梯轉彎抹角處拉扯男人衣袖的野雞；霞飛路上的車水馬龍和外灘的摩天大廈……，可是，這些老照片，卻成為日後接觸上海的重要背景依據。所謂「接觸」，不只是身歷其境的觀光旅遊，還應包括歷史與文學的閱讀經驗，與攝影和紀錄電影的視覺與心理感受。

不必讀張愛玲與茅盾的小說，不必聽周璇與白光的歌，不必看李麗華與陳娟娟的電影，對任何一個心裡長年糾纏著百年國恥與十里洋場不夜之城的中國人，上海的魅力，是一盞永遠不可能消失的燈。這盞燈，忽明忽滅，滅時如地獄，明時如天堂。

一九七四年的初春，我第一次以成年人的身分，回到了二十多年不見的上海。老照片的上海，洗刷得乾乾淨淨。代替霓虹燈景的，是大馬路上不到五十支光的慘白燈泡，來往的車輛，在蝗蟲過境般的腳踏車陣中掙扎移動。會車時方才開燈的規定（或習慣），造成了恐怖的鬼影幢幢效果。人群基本上只有三種顏色，綠、灰、黑。街頭店面的牆壁上，貼滿了每兩、三句便用一個驚歎號的「揭開鍋蓋」、「砸爛狗頭」式的大字報。最毛骨悚然的卻是無聲的場面：我們從華僑飯店面街的高高台階走下來，在等待專車到來的那不到十分鐘的時間裡，忽然成爲成百上千人圍觀的中心。圍觀的人群沒有人開口說話，靜悄悄地互相推擠，爭奪較佳的觀察角度。被仔細研究的只是一把摺疊式的嬰兒手推車。這個不到十分鐘的無聲場面，沖垮了我心目中的「無產階級鐵打江山」。所有有關社會主義優越性的機會教育——「滾地籠」的憶苦思甜與少年宮的新生事物，立刻變得毫無意義。

一九九二年，我有過一次「壯懷激烈」的中國萬里行，第一站便選擇了上海，因爲我想見證「改革開放」大潮如何在四人幫發跡並統治了不算短時間的地方，重新找到「人的面孔」。

萬里行之後，寫了九篇文章，交由麥田出版社出版了一本小冊子《走過蛻變的中國》（後收入皇冠版《我的中國》），其中第一篇寫的也是上海，題目是〈賓館裡的南泥灣〉，開宗明義的第一句如下：

「最淒涼莫過於在這裡歌唱社會主義的明天。」

然而，請不要誤會，我毫無悼亡追思的心情。事實上，從一九七一年林彪墜機蒙古溫都爾汗的神祕事件開始，我的「信仰」第一次產生焦思苦慮而無從釋然的疑問，到一九九二年發現上海的公交車上居然有婦女生理期衛生棉的廣告，我卻從另一個角度，看到了一線希望——市民文化全面復活的希望。這個希望代表的意義，以當時的心情衡量，依然是卑微的，但我確實相信，壓抑過久過嚴的民間想像力和創造力，或許已找到了一個適當的出口。

一九九五年第三次到上海，這個粗淺的印象開始落實了，上海人彷彿有點兒自豪的口吻，他們說，「現在是一江春水向東流」。這個「東」，指的是南京路上越往東走便越繁華熱鬧的景象。南京東路的一座天橋上，有人動腦筋搬來了即時照相設備，為遊客攝影留念。遊客之中，百分之九十以上，來自全國各地。他們來玩，不只是湊熱鬧，還帶有參觀學習的味道；看上海人如何集資如何擴建，看上海人如何布置店面櫥窗，如何做廣告如何推銷，看上海人如何搞噱頭，吸引客流。一家百貨店，在入口處裝潢了一座考究的玻璃櫃，裡面「供」著一支名牌唇膏，要價五百元人民幣。以當時的平均收入計算，五百元相當於一名工人半年的薪水，誰買得起？不過，來自全國各地的人，誰不想看看五百元一支的唇膏，究竟什麼長相？

人潮推湧的南京東路，五光十色的霓虹燈讓來客目眩神搖。凡來這裡走過一趟的人，誰不想發達？誰不想創業？

然而，當時的上海，不過是初次在臉蛋上打了薄薄一層胭脂的村姑罷了。十一年之後，上海已離風華絕代不遠。

外灘一共有二十三座接近或名實相符的「歷史建築」。沈明琨帶我去看目前已經完成了內部裝修並對外開放的「三號」。

一九九七年，新加坡佳通私人投資有限公司以四千萬美元的高價，從玖事公司手中買下了外灘三號，作爲該公司的上海總部。外灘三號位於外灘沿江弧形建築群的端點，視線一百八十度，將浦東新矗立的高樓群與外灘歷史性建築全部收入眼簾，加上當時上海市政府有意將外灘規畫爲未來的金融重心，這筆交易顯然眼光獨到。

不幸的是，接著發生了亞洲金融風暴，而浦東的後現代城市景觀，對於面對二十一世紀的國際大資本金融機構而言，吸引力大得多。這個四千萬美元的巨額投資，面臨了落空的危機。

佳通請來了國際知名的建築設計大師格瑞弗斯（Michael Graves）主持改建，採用華美高貴的大理石裝飾牆面和支柱，加上海鰻皮的沙發和水晶吊燈，成功營造了現代與古典相結合的風格。豪奢的外表，彷彿更增加古建築的底蘊內涵。

外灘三號的改造，帶來了營運方向的新思維，金融中心的構想，逐步被精品店、一流畫廊、高級餐飲業等頂級消費設施取代。

在外灘三號三樓的滬申畫廊看到了四川畫家周春芽的《桃花風景系列》個展。偌大的空間配合了畫家強烈色彩與反自然結構的新表現主義畫作，讓我忽然想到，要是上海出生、巴黎出道和紐約出名的丁雄泉能在這裡展現他驚世駭俗的顏色和線條，開一個回顧展，效果該有多好！

外灘目前完成了內部整修並對外開放的只有三號和十八號，不過，骨牌效應已經誕生，奇思怪想紛紛出籠，其中最不可思議的是美國實用動力公司中國區總裁瀟然先生的提案：「將外灘沿江第一排二十三座建築『頂升』六公尺，在兩公里範圍內鋪設新的水平面，將交通組織、停車轉入地下，並在下面增加一到二層商業面積……。」

這不是天方夜譚，人民廣場附近的音樂廳，已經完成了平移六十六米並提升三點五米的大工程。

更大的工程仍在上海日夜進行。據報導，二〇一〇年世博會召開前，上海地鐵將全部完工。屆時每一戶人家都可以在兩百公尺以內找到地鐵站的出入口。想一想，兩千萬人口的上海！

沈大嫂住在徐匯區一幢三十二層公寓的頂樓，她抱怨，家中好像永遠有清不完的灰塵，空氣裡永遠有機械操作的噪音……。

十個曼哈頓將在黃浦江兩岸矗起，上海正經驗著人類有史以來最大規模的世紀大翻騰！

阿娘麵

老上海人的心情，恐怕是任何人都無法了解的。這裡曾經是天堂，也曾經是地獄。自從一八四二年鴉片戰爭後開埠以來，上海曾經是憂患中國最早實現現代化的城市；一九四九年，陳毅的部隊征服了上海，這裡又成爲最激進的社會主義實驗室。

究竟哪一個是天堂？哪一個是地獄？

上海人自己也說不清楚。

絕大多數的上海人，其實只希望活在人間。

蔣宋孔陳四大豪門管領風騷的時代，上海成了不夜城、銷金窟。十里洋場是它的代號，紙醉金迷是它的生活內容。然而，從一九二七年到一九三七年，上海卻是中國民族工商業振興的火車頭。

藍色軍閥統治的上海，紅色造反組織也在這裡誕生、蔓延。杜月笙與蔣介石結拜的地方，離中共第一次全國代表大會祕密召開的小樓不遠。離此也沒有多遠的外灘濱江防波堤上，如今樹立著解放後第一任上海市長的銅像。這座銅像，衣著和姿態完全不像開天闢地的英雄，看來還滿慈祥，微笑地望著他腳下的工地與子民，彷彿完全不在意：這塊土地，往後五十年，即將面臨前所未有的歷史風暴。

老上海人給整整鎮壓了三十年。繁華必須消滅，腐肉必須剔除。上海注定是反帝反資鬥爭的最前線，上海人必須徹底改造，爲純潔的社會主義新人類示範。

一座意識形態的堤防，在嚴密組織的控制下，攔腰切斷了上海的現代化進程。北京給上海布置了「光榮任務」，全力支援全國各地的「社會主義建設」。上海負擔了全中國六分之一的產值，卻收不到供自己投入發展的必要資金。上海的建設，在「市場經濟」眞正恢復以前，始終因陋就簡。十九世紀末至二十世紀中葉以前的一切先進物質與精神文明，給收進了冷凍庫，上海人的想像力與創造力，就像潘朵拉盒子裡拘禁的妖魔，不許亂說亂動。

改革開放大潮終於沖垮了這座堤防。現在的上海，吸納著全球各地爭先恐後湧到的資金、技術與人才。最摩登的城市規畫與建築設計引了進來。大橋、隧道、高架路、地下鐵、磁浮列車與鋼筋玻璃架設的機場……所有國際大都會應有的基礎設施，以前所未有的速度與效率，全面施工。高樓大廈遍地開花。每隔一、兩個月，這城市的天際線就變個樣子。一九九五年我到上海，還被領著去參觀第一座正在興建的跨（黃浦）江大橋。十一年後，舊地重遊，浦東已經從工地變成了香港的中環，浦東與浦西之間，已建成六座大橋、四條水底隧道。

上海市政府規畫，城圈內層將有五百萬人口，陸續向郊外搬移。代替原有的古舊窄小民居與街坊，拆除完畢的地平線上，將出現世界最先進的園林城市景觀。而郊區正規畫著一城九鎮，代表北歐、德法、美加與地中海各主要文明的建築風格，分別成爲這批衛星城鎮的未來藍圖，最終成爲跨國大公司員工居住休閒的社區。

除了到處看見拆除與挖掘工程，除了空氣中飄浮的灰塵與噪音，上海的戲劇性變化，還應該從其他角度觀察。

前文談到過外灘二十三座老建築的翻修，甚至「頂升」六米的大膽構想。這次再說些「化廢爲寶」的故事。

蘇州河畔原是些老工廠舊倉庫，已經被眼光獨到的先鋒派（台灣稱前衛派）占領。歐美畫商絡繹不絕，期待著中國文化事業勃興帶來的利潤。新興的畫廊與藝術家工作室集中在這一帶建立地盤，紐約的蘇荷（Soho）在上海出現了翻版。

「新天地」原來是個貧民窟，現在成了年輕人約會、餐飲與消閒的中心。步行街周遭，可以買名牌衣飾，喝法國紅酒，吃上海餐點，聽美國爵士。尤其晚上燈光一亮，彷彿就是巴黎的蒙馬特，只不過表裡更新，新得有點暴發戶的氣味。

老上海還剩下些什麼呢？

大世界已經不是從前的那個味道，法租界也只留下個依稀的外貌，城隍廟像個拙劣的迪士尼樂園（兒童不宜），豫園給妝點得奇醜無比……。

有一天，朋友帶我到一條不起眼的小街上去排長龍。這裡既非體育館，也非電影院，街上還有攪拌混凝土鋪築人行道的工人在勞動，灰塵散在空中，噪音敲打耳膜，街旁的小陽溝，散溢著腐爛食物的酸臭。排隊的人群，完全不受干擾，極有耐心地等候。

長龍的盡頭，一張小木桌，板凳上坐著一位滿頭大汗的中年男子，動作緊張而遲頓，嘴裡念念有詞，計算著簡單的數字，兩隻起繭的老手，在抽屜裡翻找著一堆象棋子大小的木片，木片上也許寫著一個「王」字，也許畫著一隻螃蟹。

這就是上海當地人才知道的「阿娘麵」麵館。

「王」字代表的是「黃魚麵」（上海話「王」「黃」不分）。螃蟹圖就是「蝦蟹麵」。

我們一共四個人，四碗麵加兩碟小菜，共計人民幣七十五元（新台幣三百元），但排隊四十分鐘才領到一張號碼，很不幸，是一百六十四號，因爲，一位農村打扮的姑娘，托盤裡盛著三碗麵，從熱氣蒸騰的狹小廚房裡出來，衝鋒陷陣，閃躲著馬路上的車輛行人，一路吆喝，才到八十九號。

從八十九號到一百六十四號，全部耗時一個半小時。這一小時半，還得排隊，因爲麵館一共就那麼幾張桌子，大多擺在對街的小弄堂裡。每張桌子配六把塑膠凳，每張塑膠凳後面圍著三、四圈人。你可以不必排隊，那就必須站著吃。

我排隊的地方，更不幸，恰好有條竹竿搭在空中，上面晾著尼龍絲襪和內衣褲。

據說，碰到下雨天，端麵姑娘是不打傘的，她沒有第三隻手！

我沒有嘗過蝦蟹麵拌酸雨的滋味，不敢置評。不過，那天吃的那碗蝦蟹麵，憑良心說，是我這輩子吃過的最美味的一碗麵。

「阿娘」是這道天下美食的創造者。她現在年紀大了，培養了兩個接班人，再不必親自下廚，每天端著一張板凳，找廊下太陽曬不到的地方，笑瞇瞇地，東張西望，偶爾跟遠道慕名而來的食客合影留念。

老上海的精華，肯定不只是「阿娘麵」，不過，要尋找，得趁早。君不見，上海滿街跑的年輕小夥子，十有九個眼睛裡冒著金光。而現代化管理操作的「鼎泰豐」，已經在上海開了分店。一碗清湯牛肉麵，賣價是三十八元，「阿娘麵」的四倍。每天的營業額，更可能千倍不止。

還有什麼東西，能夠阻擋「阿娘麵」向「鼎泰豐」過渡？

崇明印象

這次上海行有個意外收穫，參觀了號稱中國第三大寶島的崇明。原先只計畫以上海爲主要落腳處，並以過去遊上海的印象作爲背景，相互參照，設法了解這個「社會主義市場經濟」的火車頭，究將把中國帶往何處。沒想到碰到了上海文藝出版社的總編輯郟宗培兄，堅邀我們與同行的王瑜和夏沛然去崇明島看看。

「那裡是我眞正的故鄉呢！」宗培兄說，「而且，崇明島的發展是上海未來的重要組成部分。上海越發展就越需要崇明，看了才知道……。」

於是決定提早結束蘇杭之旅，隨宗培兄到他的「故鄉」去。

宗培的本籍並非崇明島，文化大革命期間，上海青年有二十二萬人響應毛澤東的號召，到崇明島插隊落戶，郟宗培也是其中之一。他在那裡前後一共待了七、八年，從十七歲到二十四、五歲。我們在崇明島森林公園內看到了一座刻有二十二萬個名字的紀念碑，郟宗培三字赫然在焉。看碑的心情略似華府越戰紀念碑，唯一不同的是，前者絕大部分都是活人，而後者給人的觀感，則與墓碑相同。此外，無論站在哪一個碑前，不可能不想到歷史，也不可能不爲歷史上某些特定政策製造的人道創傷所震撼。

作爲當事人的宗培兄，反應似乎略有不同，他的心情當然不可能不複雜，卻不像我們那麼負面，反而有些自豪的意味。無論如何，當年的二十二萬人，在這裡從事最艱苦的體力勞動，擔柴挑糞、鋪橋築路、開疆拓土，有的五、六年，有的十幾年，如今雖然各自奔赴不同的工作崗位，他們的勞動成果不像越南作戰的美國士兵，全部化爲烏有。崇明島目前的八大農場，百分之五十左右的森林覆蓋，兩萬多條灌溉渠道以及四通八達的公路網，仍然是島上近百萬居民的重要生存條件。

崇明島的未來，沒有這些基本設施是無法設想的。

應該介紹一下崇明島的過去、現狀和未來。

簡單說，分割中國大陸的萬里長江彷彿一條巨龍，崇明島便是巨龍嘴裡含著的一粒珍珠。

一千三百年以前，這粒珍珠是不存在的。一直到唐朝武德年間，龍嘴裡初步形成了東、西兩沙。所謂「沙」，上海人的口語，意指泥沙堆積而成的陸地。

據說，明朝開國皇帝朱元璋收復蘇南後，崇明知州何允孚「率眾歸」，上喜，因書「東海瀛洲」四字，故崇明又稱「古瀛洲」。從唐至明，「沙」已經發展成可以設「知州」管治的地方，這說明了一個十分稀有的地理現象，即崇明島是個不斷擴大生長的陸地。今天的地理調查數據指出，該島每年向東伸長一百五十公尺，新添兩萬畝土地。陸地不是人工塡海的結果，而是大自然的產物。崇明島本土作家沈飛龍先生告訴我們：「想想這島上的每寸土地每一粒沙，都是長江上游某處山巒的巨大岩塊給沖刷進溪流河道，經過幾千里的滾動摩擦，到了這裡，都變成了細沙粒……。」

島上土壤含有豐富的礦物質，成爲生機農業發展的有利條件，原來是千里浪淘沙的結果！

除了生機農業，崇明又是個國防要地，因爲它「扼大江，控大海，爲金陵之門戶，三吳之屏障，蓋大江以南第一岩邑也」。由於它的地理位置隔於江海之外，明清以來多次兵燹皆倖免於難，故有「江南亂，崇明好避難」之說。

外人不知道的是，長江三峽大壩的興建，提高了上游水位，因此要移民百萬人口，其中一部分目前就定居在這裡。

我們在崇明島一共待了兩天一夜，參觀了一些景點。這批景點，目前的狀態有點像台灣山坡地帶民間投資開發的「樂園式」設施，基本面對的是社會上中、低收入的消費群眾，因此質量不高，經濟效益有限。森林公園的森林覆蓋面積已達百分之八十七，但樹種比較單調，主要是水杉、柳杉和香樟木。林相也初步成形，大都有二、三十年以上的樹齡。值得一提的是罌粟花的全面推廣。時值初春，步道湖邊（人工湖）與綠地邊由於這種一年生露地草花的裝點，創造了不少野趣。這種罌粟花不是製造鴉片的那種，純粹是觀賞花，且花色多樣，由淺至深，迎風款擺，可以讓人想像，十年二十年之後，有可能隨風撒種傳播，繁衍成加利福尼亞州春來漫山遍野的驚人彩色圖畫。

北岸臨江的濕地也可以看到一些不錯的前景。崇明在行政上屬於上海市的郊縣，縣政府與上海一些大學專業科系合作，在這裡建設自然生態區。濕地上正在鋪設高出地表的紅木步道，提供了鳥類和其他動植物觀測的條件。

總體看，相對於上海市區尤其是浦東的急速現代化國際化，崇明島的發展目前還停留在極爲原始樸素的階段，不要說國際金融資本眼中沒有這塊大約一千五百平方公里的寶地，連國內資金的投入也非常有限。沈飛龍先生又身兼縣政府發改委員之職，他領我們參觀了規畫崇明遠景的立體模型圖版，上面除高級別墅區外，還有七個高爾夫球場、水上運動和星級觀光酒店等高消費設施。

生機農業當然還是規畫中的一個主要項目。

不過，相對於我對紐約曼哈頓與長島之間複雜互補關係的一些印象，崇明島與上海市之間的關係，應該可以樂觀期待，目前這一切都卡在「交通不便」這個瓶頸上面。

從吳淞口坐渡輪，前往崇明縣府所在地的南門港，全程需要四十五分鐘，島上仍缺乏足以吸引國外觀光客的設施，來這裡休閒花錢的，基本上還是上海的一般市民和學生。

然而，崇明確實是個面積不小潛力不低的寶島，綠色森林是寶，新鮮且毫無汙染物的空氣是寶。這塊寶地，隨著上海市區的迅猛膨脹與暴發，遲早會成爲萬人爭購的奢侈商品。

一條跨海大橋正在施工，估計二〇一〇年世博會開幕前通車，屆時，從浦東到島的東南端，不過是半小時不到的車程。島上的公路網也已基本成形，不難想像，五年之後，國際大資本屬下的房地產開發商，即將開著奔馳（賓士）與勞斯萊斯，到這裡勘測地形，指手畫腳了。

長島的發跡與所謂「鍍金年代」（Gilded Age，一九二〇年代）密不可分。上海的「鍍金年代」晚了八十年。雖然晚了八十年，它所凝聚的技術、智慧、眼光與財力，當年紐約的規模根本不能比擬。

聽說崇明縣政府考慮過但最終拒絕了迪士尼樂園。拒絕這個「聚寶盆」是需要一點勇氣的，他們心中的藍圖與遠景，也許遠超過好萊塢的廉價想像力！

蘇杭漫遊散記

既到上海，不能不就近一遊蘇、杭。

提到蘇杭，想像力大可以馳騁了。末代皇帝的悲情，文人墨客的雅聚，地方官的風流，富商巨賈的享樂，千年以來，這兩個得天獨厚的城市，不妨用八個字形容：「山溫水軟，才子佳人」。

江南絲竹有一支纏綿悱惻的曲子，叫做〈姑蘇行〉，心閒氣靜時聽之，也不能不為之意亂情迷。蘇、杭是人間的天堂，現代的解釋也許是：這是上天賜給中國人專門用來談戀愛的地方。唯一不同的是：白娘娘與許仙遊湖借傘同船渡，發生在拋頭露面、眾目睽睽的場景中（因而引來了多管閒事的法海）；而蘇州給人的印象卻似林黛玉，戀愛必須隱晦曲折，必須關起門來，外人看不見，對方猜疑不定。

速度增加，空間縮小，交通設施徹底改變了上海與蘇杭之間的關係。記憶中，每次安排江南之行，總覺煞費周章。如今，每十五分鐘便有一班公路局的班車，甚至可以「打的」，費用大概數十美元。蘇州成了上海的後花園，杭州竟似上海周邊的郊區山水。

磁浮通車後，這個觀念將更加濃縮。不久的將來，上海到蘇杭，半小時左右便可解決。

一九七四年，我坐火車從上海赴蘇杭。火車燒煤，一路煙塵拂面，而車速平均不到四十公里，但車窗外流過的風景，卻像江南水鄉的彩繪摺扇，稻秧菜花金碧相間，地平線上，無波光水影處，竟偶見風帆在綠野田疇中緩緩推移。三十年之後，這些景觀消失了，代替的是蘇州與昆山之間高速路兩側連綿不斷的公寓樓層，且分向兩翼發展，縱深難測，眼睛看不到盡頭。

財富與人口的懸殊變化，又徹底改變了西湖與蘇州園林的外貌與內涵。淡妝濃抹總相宜的西湖，現在是濃抹爲主，珠光寶氣，風華絕代。然而，絕大多數的遊客，不知不覺，心情乍變。閒情逸致彷彿不合時宜，搶時間，跑景點，買禮物，拍照片，總之，爭先恐後，狼吞虎嚥，成爲主流意識。

酒店住下後，我買了份杭州導遊圖，仔細研究盤算，如何避開當前流行的陷阱，作了三個戰略決定：第一，避開旅行團，也不找任何專業導遊，自己跑；第二，放棄九溪十八澗、龍井村、六和塔、錢塘大橋等距離較遠的景點，集中精力於環湖及周邊地帶；第三，不坐車，用自己的腿走，且不能超出散步的速度。

杭州三天兩夜，蘇州兩天一夜，基本上堅守上述三項規則，但未能避免意外，不妨略述觀感。

西湖第一日，百分之百完成任務，堅決拒絕了所有外來的推銷與誘惑，按預定方針辦。

西湖的環湖步道已經全部完成，路面寬敞，青石板鋪砌，色感甚佳，與之配合的園林布置，稍嫌熱鬧。繞湖一周，總長十五公里，但由於湖邊景點內還有不少高低曲折的行程，總長應在三十公里以上。我和老妻兩人，一共花了十個小時（從早晨九點到黃昏七點）。

從湖濱南岸出發，路經白堤、平湖秋月、武松墓、蘇小小墓到曲院風荷，花了半天時間。這一段其實不到環湖一半距離，主要時間花在彎道上孤山，並參觀西泠印社。

林和靖的詩句與梅妻鶴子的故事，對照目前的山林布置與滿山遊客你推我擠的現實，根本無從想像。也許，二、三月間，地冷天寒人稀，臘梅送香，放鶴亭可能有它的味道。西泠印社則無論如何都無法符合心中原有的印象，這個一度是吳昌碩及其同輩書畫家論道、切磋、清談的地方，雖然近年屢經修整擴建，卻好像越改越糟，「幽靜」不可復得，唯餘觀光的招牌，甚至連小賣店出售的文房四寶，品質都大幅下降，壁上待沽的書畫，更是慘不忍睹。

蘇小小、武松和岳飛的墓，全是新建築。沒有苔蘚的「古墓」，當然毫無古意。不過，無論如何，「古蹟」重造還是是聊勝於無，包括湖西高地上「恢復」的雷峰夕照。西湖與一般湖山勝景最大的不同在於它特有的人文傳統，這種風景與傳說交織、地理與歷史融匯的旅遊區，從唐朝白居易、宋朝蘇東坡建堤後，便永遠鑄造了西湖的獨一無二性格，歷代雖有政治動亂，這種文明的性格卻始終不可能完全摧毀，只不過，這一次毀後重建，目前看來，不免樹小牆新之譏，假以時日，新的變舊，「古」的再生或者也不怎麼令人難堪了吧！

十小時環湖散步，到了湖西柳浪聞鶯公園，早已人困馬乏，這時忽發奇想：何不避開觀光酒店，走向杭州市區內部，找一間道地的杭州菜館，嘗一嘗時鮮？一念之差，幾乎毀了西湖之旅。鱔背、東坡肉與醋魚下肚，當晚上吐下瀉，躺在酒店床上，昏睡了差不多二十四小時。

第三天，神智與體力略恢復，再鼓餘勇出發，但不得不改變初衷。兩人各租一部自行車代步，補玩了杭州植物園和靈隱寺。

植物園主要想看竹子，靈隱寺則為了驗證一下香火盛況是否出於自然的社會需要。「竹類植物展示區」據說是中國竹類植物搜羅最全之處，可惜規畫近似「農業栽培」，距觀賞審美還有段距離。又聽說胡錦濤曾公開表明：「有信仰比沒有信仰好」，佛教因此有了發展的空間，但靈隱寺卻成了觀光景點，大門口賣票，進廟又要買票，形同敲詐。香火鼎盛倒是名實相符，但還看不到佛教在台灣展現出來的那種社會和政治影響，或許也要假以時日吧。

我們在蘇州一共有一天半的時間，跑了拙政園、留園、寒山寺、網師園和滄浪亭五個地方。

拙政園仍然是我心目中的中國文人園典範，館、軒、亭、台、池、山布置合理，廊、榭的穿插安排俱見巧思。漏窗借景，花木參差，也有匠心。只可惜遊人如排隊買票，導遊的擴音喇叭如江湖賣藥，設計大師文徵明的雅趣，也便跟人潮洶湧大減價的百貨商場看精品展示櫃沒有兩樣了。

留園與網師園印象大抵相若，唯一不同的是，在網師園恰好碰到一個紐約來的老年猶太人參觀團，其中一名婦人歎道：

「大都會博物館的『明軒』怎麼比得上？這裡每一塊磚石瓦片都是上千年的骨董呢！」她肯定不明白，該園雖建於南宋，現址卻是清代遺物。

「明軒」是中國政府的捐贈，仿網師園的一隅，派遣傳統師傅工匠，利用傳統木石工具和蘇州當地出產的材料，由中國園林古建築專家陳從周督導，在大都會博物館內複製的。

寒山寺則純粹是應商業需要而附會出來的假文物，傖俗醜陋，唯日本老一輩的遊客，受張繼〈楓橋夜泊〉詩的影響，仍趨之若鶩。

意外的驚喜是最古老的一個園林，位於蘇州市南端的滄浪亭。

我們在園中徘徊約一個半小時，先後遇到的不到三十個人，而且大多不是遊客，只是附近的老人來此閒坐散心。人一少，園林的原創趣味便自然流露了。

滄浪亭始建於北宋，爲詩人蘇舜欽的私產，原以「崇阜廣水」爲其特色，但因周遭早已蓋滿了商店民居，相對而言「阜」已不「崇」，「水」也不「廣」了。但至今留存的古木仍有參天之姿，園中心的高地滄浪亭爲清康熙時代所建遺物，名聯「清風明月本無價，近水遠山皆有情」仍在，堂軒古樸，擺設也難得保持了簡淨。最可愛的是園內步道兩側的各類竹籬與竹林，栽植布置恰到好處，我甚至看到幾簇紫血斑斑的湘妃竹。

人間天堂的蘇杭，看來還是人越少越好。人一多，戀愛就無法談下去了。

絲路鱗爪六記

烏魯木齊・敦煌

烏魯木齊

遠在我們的知識地平線以外，遠在我們的感情地平線以外，我敢說，我認得的所有人當中，沒有一個人知道烏魯木齊。

關於烏魯木齊，我們的知識限於「旅行指南」；我們的感情，通常沒多少反應。它只是地圖上的一個符號，永遠位於我們生活的地平線以外，是個看不見聽不到摸不著的不關痛癢的地方。

當然，從小學時代開始，便聽過〈達坂城的姑娘〉，也唱過〈在那遙遠的地方〉……。然而，誰聽說過紀錄並創作了這些民歌的王洛賓？一個北京音樂青年，卻在大西北流浪了一輩子。誰知道，他曾經是國民黨的英雄，又坐過國民黨的牢？誰又知道，他曾經是共產黨的英雄，又坐過共產黨的牢？最後卻成了新疆達坂城的榮譽市民。

從他創造的一千多首民歌和六部歌劇中，從他採集的哈薩克、維吾爾、烏茲別克……這些異民族情調的話語中，我們聽不見千年以上的種族廝殺、宗教鎮壓，聽不見任何血淚冤仇。多麼奇怪，彷彿王洛賓的音樂，跟他坎坷悲慘的一生，毫不相關。像萬里荒漠苦寒的土地在天山腳下孕育出來的吐魯番葡萄，吃在嘴裡，只感覺陽光、暖風和雨露。

烏魯木齊和圍繞著它的一百六十六萬平方公里的新疆，對於我們這批來自台灣的觀光客而言，正是這樣的一盤葡萄。沒有風沙，沒有乾旱，沒有天災，沒有人禍，只有晶瑩剔透的皮和甜蜜多汁的肉。一盤美麗可口的葡萄，只有陽光、暖風和雨露。

在我們這批，以及之前之後一批又一批的台灣觀光客之中，不少人聽過讀過青年將軍豪氣干雲建功立業的傳說；不少人背誦過大漠荒野角笳悲鳴的詩篇；也有人知道「迪化」這個種族殖民主義的名字，或許也有人立過志，發誓要做一名羅曼蒂克的邊疆屯墾員，在他或她十五、六歲的時候……。

然而，我敢打賭，這趟「絲路之旅」改變不了什麼。烏魯木齊和它所代表的一切，像夢，像海市蜃樓，像地平線以外一個看不見聽不到摸不著的不關痛癢的地方。

唯一不同的是，如今，每個觀光團團員的行囊中、記憶裡，增加了一大批業餘水平的風景照片，形同廢物的紀念品，和可供茶餘飯後消費的閒談資料。

誰能想像，二十年前，烏魯木齊是個可能爆發內戰的地方。誰能想像，照目前的勢頭發展下去，烏魯木齊有可能成為面對印度、巴基斯坦和幅員廣大的中亞腹地各國的國際大都會，甚至有可能同上海一樣，成為東西相互輝映的現代工商業龍頭，把和平崛起的中國列車，引向未來，更有可能變成中國的德克薩斯州。

塔克拉瑪干大沙漠的地層下，據說儲藏著石油，藏量可能超過沙烏地阿拉伯。

敦煌

這是一個奇異故事流傳了千年以上的古怪地方。

鳴沙山的沙丘永遠維持著它的美妙稜線。塞外的風，有時吹亂它，不久之後，又吹成了原樣。更奇的是，沙丘旁的月牙泉，雖然就在沙山腳下，卻從來未被沙塵埋沒。沙與水，彷佛有個默契，相敬如賓，和平共存，你保持你如刀削的稜線，我維持我的月牙水岸。

清華大學建築系的師生們，顯然從這個謎一樣的關係中得到靈感，受了感動，他們在面對月牙泉與鳴沙山的一塊高地上，設計了一列古典建築。

在大陸各地歷年所見的所有仿古建築中，這一列如今只是用來作爲茶室與觀景之用的亭台，最讓我心喜。

顯然，神話與傳說，足以激發人的想像力，因爲，神話與傳說本身，原就是人的想像力產品。

據說，一千六、七百年前，四處雲遊的樂僔和尙，來到鳴沙山下，忽然看見今天仍有好幾百呎的山頂稜線上方，有佛祖顯聖的萬道金光。

鳴沙山的沙，專家研究鑑定，有五種不同的顏色。五色沙雖然奇妙，有可能產生萬道金光嗎？和尚不是科學家，他只是悟了道，他下了決心，要在這裡建立一個佛的王國。

他開始在附近的沙礫石岩壁上開鑿洞窟，這就是今天已成爲中國國務院國家一級重點保護文物單位，而聯合國教科文組織宣布爲人類重要文化遺產的莫高窟的起源。

這個後來被稱爲千佛洞的佛國，繼續創造著神話、傳說和謎。

明朝中葉以後，海上絲綢之路逐漸取代了陸上絲綢之路。河西走廊日趨式微，一度富甲天下的隴西地區，沒落了。

到了清朝末年，莫高窟的佛世界，幾乎完全被人遺忘了。它的管理與維護，居然落在一個名叫王圓籙的道士手上。

有人說他發現文物有功，有人認爲他罪大惡極。總之，王道士有天修理今天編爲莫高窟第十七洞的洞壁時，忽然聽見異聲。

細心的王道士敲開洞壁，發現了驚動學術界的敦煌石室萬卷藏經。

一九〇五年，俄國人奧勃魯切夫用少量俄國產品，從王道士手中換去了一批經卷。

一九〇七年，匈牙利人斯坦因同大英博物館簽了合同，僅以四十塊馬蹄銀，就從王道士手中騙走了二十四大箱古經卷和五大箱繪畫織繡，雇了四十匹駱駝，運出敦煌，如今成爲大英博物館的珍藏。

斯坦因先後進出敦煌多次，他「蒐購」到的文物驚人，包括：絲織品一百五十多件，繪畫五百餘幅，各種寫本、經卷六千五百多卷。

這批西方「冒險家」之中，最懂行的是法國人伯希和，他一九〇八年才出現，但挑到的精品較多，包括藏經六千卷和一批繪畫精品。

一九一一年，日本人吉川小一郎和橘瑞超帶隊，又從王道士和附近農民手中弄走了一批文物。

據說藏經洞原藏寫本、經卷四萬餘，目前倖存的只剩八千六百七十九卷，由北京圖書館收藏。

從殘存的莫高窟壁畫中，不難發現歷代名不見經傳的畫師，的確有豐富的想像力。篇幅不多，僅舉一例。

幻想飛翔是人類最古老的夢之一。

西方的畫家往往爲天使裝上兩隻鳥的翅膀，雖能會意，不免笨拙。

莫高窟裡的無名畫師，卻只在美人衣服上加裝飄飛的彩帶，便聰明地完成了任務。

飛天是印度佛教文化傳統，莫高窟的飛天，卻完全是佛教漢化的新發明。有些飛天，不僅予人美感經驗，簡直可以視爲人類追求飛翔追求不朽的精神象徵。

最美的飛天——反彈琵琶，實物只有一個巴掌大小。

寫於西寧天年閣

河西走廊

沒去過絲路的人，我建議，趁這兩年路未修好，趕快去跑一趟。兩年後，河西走廊四郡之間的高速路完工，絲綢之路的旅行便像絲綢一樣光滑，可能沒什麼意思了。

從敦煌出發，路經酒泉、張掖、武威，直抵蘭州，全程大約一千零三十公里，行程兩天。第一天行車超過十個小時，第二天八小時，是顛簸起伏、塵沙蔽天的結結實實十八個小時。這十八個小時，旅行社辦事人員不停抱歉，深覺虧待了大家，我卻覺得，這或許才是逼近歷史的眞正絲綢之旅。

只要設想一千多年前的唐代，從事東西交通貿易的商旅，拉著駱駝騎著馬，在綿延千里的戈壁灘上的生涯，我們這個觀光團體所受的顚簸，豈不成了飛天在雲端的滑航。

河西走廊四郡，是戰爭造成的人類聚落。歷史書介紹，劉邦建國之後，無力對抗北方和西方的異族，只能採取息事寧人、忍氣吞聲的策略，長期休養生息，直到漢武帝才累積了足夠的國力，開始經營西域。敦煌、酒泉、張掖、武威四郡，名字上便透露了血腥味。

舉例說，張掖得名於「斷匈奴之臂，張中國之掖」。張掖下轄的山丹縣城東南五十公里，即焉支山（因山石赭紅似胭脂，故又稱胭脂山），漢武帝手下的青年將軍霍去病曾屯兵於此，後越胭脂山，大破匈奴，匈奴因有歌曰：「亡我祁連山，使我六畜不蕃息；失我燕支山（胭脂山別名），使我嫁婦無顏色！」

河西走廊，因此可以視爲兩種不同文明之間的決戰地帶。

人類歷史上規模最大爲時最久的人爲災難，大抵都是不同文明之間爭奪生活資源的結果。

游牧文明無法定居，文化累積形成不易，又需要大面積的生境，因此天生帶有侵略性，掠奪成爲解決需要的手段。

農業文明則必須定居。在文明初期，由於文化的累積速度不夠快，科技沒有超越游牧文明之前，只能採取防守的策略。這就是我們在行車千里途中不時看到的祁連山脈地下水系供養的無邊草原所以成爲殺戮戰場的原因。草原內外，戈壁灘上，偶然仍可發現自秦至明歷代修建的長城遺跡。長城就是武器。

看著這些歷史的殘留，不免想到，一直到今天，人類仍然無法解決文明之間你死我活的鬥爭。

以二十至二十一世紀之交發生的兩次伊拉克戰爭爲例。短視一點看，是能源之爭。放長一點看，可以視爲長期世界霸權的戰略部署。歷史學家也許會說，這是上千年的宗教戰爭的現代版。然而，追根溯源，不能不看到，其實是個非常古老的故事：游牧文明與農業文明的資源和地盤爭奪早已內化深藏於人性之中，變成本能的反應了。

一九六九年中蘇共分裂之後的中國，面臨蘇聯現代科技武裝的嚴重威脅，毛澤東想出一個土辦法，三句口號，叫做：「深挖洞，廣積糧，不稱霸」。意思就是說，「蘇修」的坦克、飛彈和核武器都不足懼，大家挖個洞，躲進地下就行了。

仗沒打起來，可能跟赫魯雪夫當時統治的蘇聯實質上外強中乾有關，不過，由於毛的號召，河西走廊武威郡的一群農民，在十月份的某日，扛著圓鍬鋤頭，四處尋找挖防空洞的理想地點。也許因爲懶，他們發現武威附近的雷祖廟，有一道高高的夯土牆。往黃土牆上挖洞，至少省一半勞力，於是，一路挖下去，不料挖出來一個漢代的貴族墓。

墓已經被盜過，金銀財寶所剩無幾，但卻發現了盜墓者認爲不值幾個錢而棄之不顧的國寶，這就是今天正式定爲中國旅遊事業標誌的銅飛馬出土的經過。

一九七一年秋天，中國文物考古界的第一號權威人物郭沫若到武威視察，據說在銅飛馬前來回反覆賞鑑了不下半個小時，下了結論：

「天馬行空，獨來獨往，就是拿到世界上去，都是第一流的藝術品！」

於是，命名爲：「馬踏飛燕」。

這個富詩意的名字，一直流傳到今天，雖然其中可能有些問題。

首先，神馬足踏燕子，在空中飛行，這個形象，是否合理？

燕子的速度雖快，矯捷翻飛，究竟還是習慣在接近地面的高度活動。馬足踏在牠的身體上，實在顯不出威風。無論如何，燕子得捕食低空的蚊蚋，飛高了，連飯都沒得吃，總不能為了襯托天馬的神奇，飛出牠的生存空間吧。

其次，燕子與馬的體形，也確實不成比例。

此外，燕子的尾巴是剪刀形的，而「馬踏飛燕」的那隻「燕」，尾羽平整，成「一」字形。

因此，有些考古學家認為，「馬踏飛燕」的「燕」，應該是「隼」。

我查了一下字典。「隼」音「筍」，是一種凶猛的鳥，又名「鶻」（音「胡」），上嘴鉤曲，背青黑色，尾尖白色，腹部黃色。飼養馴熟後，可以幫助打獵（兔起鶻落）。

終於明白了。

原來這是一種獵鷹，游牧民族飼養獵鷹的習俗由來已久，中東的阿拉伯人和中國北方的蒙古人直到現在仍保留這種生活技術。而且，「鶻」「胡」同音。銅飛馬造形中的那隻鳥，體形比例確實接近鷹，絕非燕，加上牠的尾巴造形與「隼」完全符合，彷彿一刀剪齊，很可能是獵鷹主人修整的結果。

根據這些粗淺的分析，「馬踏飛燕」實應稱為「馬踏飛鶻」，骨子裡的意思明白不過——漢人征服了胡人。

為什麼證據如此確鑿的一個小小道理，主管中國旅遊事業大計的當局居然罔顧事實，拒絕修正，將這座完美結合了力學與藝術表現的銅飛馬，這個中國旅遊事業的官定標誌，依然定名為「馬踏飛燕」？

是郭沫若陰魂不散嗎？還是後人對他的尊重？

我認為都不是。

這裡觸及的是一種政治設計。

旅遊事業在今天的中國，實質意義與潛在影響，跟我在十幾年前看到的中國，不可同日而語。

即以西安市為例。

西安市的財政，目前已發展到80％的收入來自旅遊觀光。公私部門投下的資本，以千億人民幣計算，而且還在擴充。西安市每接待一名外國觀光客，便可以創造六個工作機會。

能夠用一個帶有種族主義色彩的「馬踏飛鵲」作為全國性的旅遊標誌嗎？

這是「和平崛起」的絕佳注腳。

在連綿不斷的戈壁灘旁顛簸前行，我那顆被徹底震昏了的腦袋裡，不料出現了這個意念。

塔爾寺

荒涼、遼闊、神祕、陌生，這是任何沒去過的人對青海的現成形容詞。跑了一趟之後，我腦子裡的青海，還是荒涼、遼闊、神祕、陌生。然而，性質上，似乎出現了一些微妙的變化。

荒涼裡面，滲入了溫暖。遼闊一詞，不再無邊。陌生當然還是陌生，漫遊兩天，感情不可能深化，但青海在我的大西北地圖上，開始有了方位。

塔爾寺

神祕本來是含有殘酷因子的。多年來，從各種資訊渠道，吸收了不少關於勞改犯勞改營的故事，都和青海相連。作爲觀光客，勞改營當然沒可能看到。西寧市滿街的人群裡面，肯定有刑滿落籍的前勞改犯人，但我們也不可能分辨，倒是在西寧西南二十公里的重要景點塔爾寺，親眼目睹了現實的圖象，具體呈現了人世的殘酷。

塔爾寺建寺至今歷四百多年，爲藏傳佛教格魯派（一稱黃教）六大寺院之一，位於湟中縣魯沙爾鎮西南的蓮花山腳下，依山建殿，梵塔林立，自黃教始祖宗喀巴首創以來，現已發展成占地四十多公頃，建築面積四十五萬平方米的特大寺院，僧人不下三、四千人，殿堂十五座，僧房九千三百多間。

這是與中共當局相處和諧的班禪活佛的大本營，寺院範圍內有班禪大喇嘛的公館，但不對外開放。

在塔爾寺的彌勒殿和釋迦殿前，一群群信徒隨身帶著一套類似練瑜伽用的蓆墊，有的不遠千里而來。朝聖修功德的方式是，信徒一生之中，必須五體投地，跪拜總數達到十萬次，才算完成。

這個十萬的數字，因緣據說出於宗喀巴生前最後一次公開講道時，出現了十萬名聽眾。十萬次的五體投地跪拜儀式可不簡單。我算了一下，如以每次跪拜費時十秒計（包括二次跪拜之間的喘氣期），十萬次的總時間即爲兩百七十七點七天連續不斷的五體投地。這當然不可能一次做到，而必須在人的一生中分段完成。

如果當年宗喀巴的號召力不幸更加偉大，出現了百萬群眾，難道要跪拜百萬次？則二千七百多天拜下來，再扣除睡覺，一生所剩也就無幾了。

百萬群眾看似危言聳聽，其實不然，不要說四百多年前的明朝，即在三十年前的北京和當前的台北，魅力領袖一揮手，百萬群眾嘯聚遊行，依然易如反掌。

塔爾寺據說有四寶：雕塑、壁畫、堆繡、酥油花。前三寶之中，雕塑、壁畫皆俗，唯堆繡略有特色，因為它有辦法製造立體效果，跟著名的蘇州雙面繡，同工而異曲。酥油花我覺得像哈爾濱近年來極力宣傳的冰雕，兩者都用明知不可能持久傳世的材質作為媒介。氣溫一變，冰就化了，所以冰雕只能停留在工藝品水平，永遠進不了藝術殿堂，成了觀光品。酥油花也一樣，繁文縟節大費周章，最多一年便面目全非。不過，佛教究竟比東北觀光機構多一分智慧，他們把不可能永恆的酥油花塑畫，附會了佛教教義，則凡人生老病死之中，偶得良辰美景，歌舞昇平，都不過是酥油花的命運，有如曇花一現。酥油花原來是要你「悟」，只是氣味未免難聞了些。用跪拜十萬次的辦法自救，這懲罰與勞改何異？不過是自虐與虐人的差別罷了。

青海湖

相對於塔爾寺的畫棟雕梁與金碧輝煌，同處於荒涼、遼闊、神祕與陌生世界裡的青海湖，便顯得玉潔冰清、自然天成。

從西寧市往西，行車兩個半小時，約一百三十公里處，出現了山峽兩側各豎一峰的奇景，當地人稱為日月山。日山與月山夾道矗立，自古以來即為通西藏的險隘，因此流傳著文成公主和親過此擲下日、月兩面銅鏡而成峰的故事。現代人則在山峰上興建了仿古亭台，搖身一變，成爲觀光景點，供遊客拍照留念。

今天，眞正控制著青康藏高原咽喉要塞的卻是距此十公里左右的倒淌河鎭，這裡是青藏公路與青康公路的交會點，四十年代以來，成了運兵運糧的戰略樞紐。曠世大工程青藏鐵路即將完成，屆時，高原的現代化，不可阻攔了。

倒淌河鎭因倒淌河而得名。所謂倒淌河，我們看到的不過是一線淺溪，秋天的雨季和冰雪融化的春天才眞正稱得上河。河發源於日月山，河水永遠由西向東流，最終注入浩瀚如海的青海湖。

眞正值得拍照的是日月山與青海湖之間、倒淌河兩側的無邊草原。同兩天前行過的祁連山下綿延於河西走廊與戈壁灘互爭生存的「草原」相比，這一帶極目望去，眞正給人水草豐美牛羊遍地的繁榮印象。這還不包括高原台地上開拓的農田與阡陌，據說，如果我們早一個月來，青海湖北面的剛察縣境，可以看到水天之際萬畝菜花的金黃。

要說荒涼、遼闊、神祕與陌生，青海湖的藍光，遠遠出現在地平線上那一刻，就彷彿遙遠的神話，具體來到了眼前。

然而，青海湖不是神話，億萬年前的造山運動，留下了這一片不可思議的高原鹹水湖。湖的面積大約爲四千四百平方公里（台灣的八分之一），東西長南北窄，平均深度約十九公尺，湖面海拔三二六〇公尺，相當於台灣的中央山脈，比東嶽泰山高兩倍。高原地寒，即在盛夏溽暑，日平均氣溫不過攝氏十五度左右，據說眼前的碧波萬頃，到了三、四月間，湖面的巨大冰塊開始融化，大風起時，形成三、四公尺高的冰牆，長達千米，像玉砌長城。

近年來，當地官員爲了開拓觀光，動腦筋組織了環湖自行車國際比賽。在氧氣稀薄的高原環境中進行長程體力與意志的拚搏，這個新興的體育項目，看來是有前途的。

湖本身及其周邊，有待開發的旅遊資源應該不成問題。

湖西北岸的鳥島，加上海西皮和海西山，大約五平方公里的面積，每年四、五月間，有來自南方甚至遠達東南亞的十幾萬隻候鳥，在這裡繁衍後代。六、七月間，幼鳥逐漸成長，開始獨立求生，九、十月間便成群結隊南飛了。

由於生態特殊，鹹水湖中的生物不多，相對的好處是避免了人類的掠奪。有一種肉細無鱗的湟魚，據說味道鮮美，但生長繁殖極慢，一個月才長一寸。青海省當局曾運往青島、大連一帶試養，終究不成功，近年宣布爲保護對象，封湖禁捕，如今餐桌上即使出現，大抵也是扎陵湖的贋品。

湖面上留下了一座醜怪的建築物，是五〇年代海軍的魚雷試驗基地，由於軍事要求隨現代化而加強，青海湖深度不夠，因此成了廢墟，卻被當成「景點」，其實成事不足，破壞有餘，不如拆除了好。

在西寧市，意外看到了一家高爾夫用品專賣店和一大橫幅高爾夫比賽的廣告。

市面上，凡是沿海都市能夠看到的商業品種，都出現了。從髮廊到電腦，從華服、汽車到公寓別墅社區，青海人伸出了試探的腳步。

青海可能是台商與港商依然趑趄不前的地方，但是，勞改犯的後代，宗喀巴的子民，已經在開發大西北的浪潮中，找到了他們的前人和祖先不敢夢想的方向。

吐魯番

這輩子跑過的地方不算少了，卻從來沒有一個地方像吐魯番，讓你覺得那麼矛盾，又那麼性感。

有一種葡萄的品種，果實纍纍，從半空的葡萄架整片綠海中一串串垂下來，葡萄粒粒互相挨擠著，粒粒葡萄像豐滿的女體，肉香汁甜，彷彿吹彈得破，當地人取了個性感無比的名字，叫馬奶子。這是帶點野味的性感。

然而，馬奶子生長的土地，卻是低於海平面一五〇公尺的全世界最乾旱的盆地之一，僅次於約旦死海（低於海平面三九二公尺）。年降水量不到三十毫米，而攝氏四十度以上的高溫天氣，每年平均達三十天以上，最高紀錄達到四十九點六度，蒸發量高達三千毫米！

吐魯番自古以來又稱「火洲」，除了毒日，還有「魔谷風」。盆地內的熱氣上升，與北方下來的冷空氣產生對流，沿著吐魯番西北方的達坂城谷地南下，有時發生相當於十二級颶風的威力。

七月份的盆地戈壁灘上，陽光直射的地表溫度高達攝氏七、八十度，可以現場烤熟雞蛋。

這樣的「火洲」加「風庫」，居然成爲「瓜果之鄉」，養活了五十萬左右的人口。還有比這更矛盾更性感的嗎？

除了馬奶子，吐魯番又出產果小無核的白葡萄（略帶酸味，最適於製成葡萄乾），玫瑰紅、比夫干、木納格和索索等共六百多個品種，年產高達萬噸。

在吐魯番的市區和城郊，葡萄架和土磚砌的曬房構成了主要的風景線。由於這裡的葡萄主要作爲水果和乾果生產，種植方法與我在加州納帕谷（Napa Valley）看到的迥異其趣。納帕谷的葡萄主要用於釀酒，葡萄架用水泥柱和鋼絲構成，高度相當於人體手臂可及的部位，葡萄藤蔓均經大力整枝，雖漫山遍野，仍保留農業栽培區的總體印象。吐魯番的葡萄架卻變成了人類生息其間的綠色涼亭，它不僅是生產設備，又兼具文化與生活設施的效用。

大自然布下了天羅地網，爲人類生存製造了幾乎不可能解決的矛盾。吐魯番人（百分之七十二爲維吾爾族）卻運用了自己的智慧，聰明而漂亮地擊出全壘打。

這個「全壘打」，早在兩千年前的車師王國時代，就已首創，叫「坎兒井」。

吐魯番地區的面積大約是七萬平方公里，約爲台灣的兩倍，大部分是乾旱不毛之地，卻在吐魯番市周遭形成了綠洲。

綠洲的水，幾乎完全來自地下，是兩千年來無數人投下血汗勞動建構的地下灌溉渠道網絡創造的人間奇蹟！

吐魯番盆地北面高山林立，天山山脈的主脈博格達山系平均高度在三千五百公尺左右

（主峰高達五四四五公尺），終年積雪，其南坡有現代冰川一百八十三條，分布面積一萬多平方公里。雖然其間有戈壁灘、大沙漠，但高山雪水融化的潛流終年不斷，順著地形向南。問題是，地下水資源雖然豐沛，但潛流入地深，如何導引到地面供人使用？

「坎兒井」就是把這地下水庫的水引向地面的天才水利工程。

旅行社安排我們參觀的坎兒井示範區叫做「坎兒井遊樂場」。顧名思義，可以想像，不過是個由千百小販攤位圍住的觀光秀。

不過，即便是這種微型迪士尼樂園式的展示，如果你稍有想像力，也能領略整體人造水利系統的偉大。

坎兒井是完全沒有現代動力系統的灌溉工程，全靠天然地形的落差，利用水往低流的物理現象，爲人類的生存，提供水源。

坎兒井工程由四個部分組成：豎井、暗渠、明渠和澇壩（蓄水池）。

暗渠是坎兒井的主體，一般高約一點七公尺寬一點二公尺，全在地下，鑿挖工事之艱鉅可想而知。豎井又稱直井，這是在開鑿暗渠時，爲了運出土石和通風及以後的經常維修建造的。每條暗渠幾乎每隔二、三十公尺就要打一口豎井，上游的豎井深，可達百公尺以上，下游一般僅數公尺至數十公尺。暗渠的出水口又叫「龍口」，和地面上的明渠相接，引導地下水注入澇壩，再引入農田灌溉。

據統計，坎兒井目前仍有一千一百多條，最長者達三十公里，如以平均四公里計算，整套坎兒井灌溉系統，總長超過四千四百公里，比京杭大運河還要長上一千公里。

我們參觀的「遊樂場」，雖有小販不停騷擾，還是値得一看。這裡的示範坎兒井名叫米衣木阿吉，全長五公里，最深處有八十公尺，日灌水量可澆地七十畝，已有兩百多年歷史。

吐魯番的突厥語原義爲「富庶豐饒之地」。

這個「富庶豐饒」，看了坎兒井之後，方知來之不易。

再參觀吐魯番地區的其他風景和古蹟，更明白這一小塊農業文明實在彌足珍貴。

吐魯番市區向西約十公里的一處台地上，留下了一座古城的遺址，叫「交河故城」。故城四周河谷圍繞，台地崖岸陡峭，兩水交會於城前，形成了一個柳葉形狀的「島」。此「島」天然地勢易守難攻，是古代西域的戰略要地，長一六五〇公尺寬三〇〇公尺。據史書記載，兩千多年前的「車師前國」時代，已有「戶六百、口六千五十、兵八百六十五人」。

交河故城的建築特點是「挖地爲院，構洞爲室」。地下的房室院宇是挖出來的，地上的結構則靠夯土壘築。故城城南有一條寬十公尺的大道，北爲寺廟南抵南門，中間有一條通東門的街道。兩條街道將全城分爲寺院、官衙和民居三個不同的生活區。

除了公元前一世紀的車師前國，西漢曾在此屯戍，六世紀時成爲高昌國的郡治所在，唐代的安西都護府也設於此處。交河故城的最後居民是維吾爾族，十四、五世紀前後逐漸成爲廢墟，一說由於大火，一說政治中心外移，總之成了廢墟，卻因吐魯番地區氣候乾燥，成爲世界上保存最完好的古城之一。

小說附會竟成傳奇的地方，到了吐魯番，不能不看火焰山。

火焰山位於吐魯番盆地中部，《西遊記》誇張形容爲「八百里烈焰」，其實長約一百公里南北寬十公里，平均高度只有五百公尺。整座山體由紅砂、礫岩和泥岩組成，道道沖溝刻畫了山的外貌，夏季陽光強烈，山色赤紅，熱氣蒸騰，寸草不生，如大火焚燒不絕。

事實上，地質學家認爲，這座山確曾含有煤層，厚十一公尺餘，以亮煤爲主。唐詩人岑參有〈經火山〉詩：「不知陰陽炭，何獨然（燃）此中。」詩人不解煤層自燃的物理現象，火焰山的煤層自燃形成了熊熊大火，少說也有千年以上的歷史。小說家吳承恩更藉此鋪排了鐵扇公主與孫悟空鬥法的神話。看著今天煤層早已燒完的火焰山，不免覺得文學家是糊塗人自有糊塗福了。

推而廣之，人類歷史上精采紛呈的傳說、神話甚至大部分的宗教與哲學，不都是「難得糊塗」的產物嗎？

西安的漢唐盛世

新疆人喜歡強調，烏魯木齊才是絲路的起源，不是西安。千年來，商旅無論走天山北道或南道，都得在烏魯木齊歇腳，補充糧草，恢復元氣，把一切準備工作做好，才有可能繼續向東，跨越河西走廊的千里戈壁灘。

西安人卻認爲，什麼烏魯木齊，絲路的起點和終點只有一個，全在西安。

聽起來，兩邊的人好像在鬥氣，所爭的名號沒有任何實質意義，不過是本土主義的一點虛榮心罷了。

西安的歷史卻證明，當地人的那分自豪，不是完全沒有道理的。

大西安地區（包括附近的咸陽、臨潼和郊縣長安），從公元前十一世紀周王朝建都於豐鎬，到公元十世紀的唐代末年，先後一千一百年有十一個朝代建立過都城。盛唐時期的長安城，人口超過百萬，城區布置整齊合理，格局非凡，氣勢宏偉。全城由一百多個「坊」構成，街道如棋盤。主要通衢朱雀大街寬達一百五十五公尺，比當時的羅馬道路寬十三倍。

朱雀大街以西，是萬商雲集的胡人區，早在一千多年前就發展了銀行、匯兑、票據和國際郵政服務。

絲綢之路總長約七千公里，貨物交流不僅促進了經濟繁榮，文化上的相互激盪，影響更爲深遠。來自西方的音樂、美術、數學、天文、醫學和各派宗教，在一定程度上，改變了中國文明的面貌。同時，絲綢之路給西方送去了指南針、火藥、印刷術、造紙、蠶桑和茶葉及農業技術，間接促進了以航海與工業革命爲基礎的西方的崛起。

西安人如今言必稱「漢唐盛世」，細查歷史，漢代的長安其實只是個政治中心、軍事重鎮。考古發掘證明，漢代長安城的面積不過三十六平方公里，城周總長三十二點五公里，人口二十幾萬。漢代長安表現的只是「武功」，唐代長安才算眞正成就了國際性的大都會，當之無愧的人類文明重心。最明顯的例子莫過於對日本的影響。唐代長安不僅有常駐的日本遣唐使節，更有大批僧人和留學生。可以概括陳述，由於唐代國力的累積，影響所及，東瀛三島發生了一次史無前例的「文化大革命」。從農業生產、建築工藝到城市設計，從宮廷禮儀、宗教信仰到起居方式甚至婦女的髮型與裝飾品味，從下層基礎到上層結構，日本照搬唐代的文物制度，完全變了一個國家。

文化上的影響如此巨大深遠卻能始終保持和平，人類歷史上可以說是絕無僅有的例子。這種文明的讓渡與轉借，完全沒有任何血腥氣味，跟十六世紀以後的「西風東侵」，不可同日而語。

西安人的自豪，不是完全沒有道理的。

從西安市區前往臨潼、咸陽一帶途中，西安的地陪小姐指著車窗外的阡陌田野說：

「西安地下到處都是寶貝，只要往下挖，隨時隨地都能找到秦磚漢瓦……。」

不遠處，等待收割的金黃色麥浪裡，高高擁起一座略呈方形的封土堆，是哪個朝代哪家王侯的墓葬？

據說，大西安周遭，光是皇家的陸園墓地，就有七十餘座。

我們參觀的唐永泰公主墓，同附近的懿德太子墓和章懷太子墓規格形制相同，都屬於乾陵的陪葬墓。但即便是陪葬墓，規模也甚可觀。封土堆的正面有巨大的墓門，其後的墓道長達八十公尺，通向地底墓室。墓道兩側有若干耳室，本應是置放陪葬品的地方，但墓中發現有盜洞，陪葬的珍寶文物早已洗劫一空。

乾陵的情況不同。這是武則天與唐高宗的合葬墓，規模宏偉，保護嚴密，無盜墓痕跡。據說考古人員曾用儀器掃描，隱約辨出墓室內有兩個金屬巨箱。傳說唐高宗嗜書法，因此揣測，作爲唐太宗殉葬物之一的中國書法第一神品——王羲之手寫的《蘭亭序》眞本，有可能被武則天偷藏下來，或許就在這兩個箱子裡面！

由於當代的出土文物保護技術還不到位，乾陵和秦始皇陵至今不敢開挖。曾經運往台灣展出的兵馬俑，剛出土時仍有新鮮彩繪，接觸空氣後由於氧化作用，彩色層層剝落，最後都變成了土黃色。這就是爲什麼兵馬俑坑開挖後如今又部分回填的原因。

更大的挑戰是始皇陵。

《史記》記載，秦陵地宮是按照當時的天文地理知識對宇宙大地進行了寫實的模擬，星象分布按季節移動，大海河川則以水銀布置，考古人員確實通過現代科技工具，證實墓中含有大量水銀。

據國家文物局、社會科學院和陝西省文物考古專家組成的「秦俑考古隊」隊長袁仲一研究報導，位於西安以東臨潼縣外五公里處的秦始皇陵，陵園由內外南北向的兩道城垣構成，內城南部爲封塚和地宮，內城周長三千八百七十公尺，外城六千二百三十八公尺。陵園原有各種地面大型建築，今已不存，而封塚四周及外城東側則有陪葬坑數百座。

目前已發掘的兵馬俑陪葬坑有三座（四號坑已發掘，但空無一物，似未完成），其中一號坑規模最大，東西長二百三十公尺，南北寬六十二公尺，面積一萬四千二百六十平方公尺，共埋藏眞人大小陶俑、陶馬六千餘，戰車數十乘及眞實青銅器兵械數十萬件，是名符其實的秦王地下兵團。且每個陶俑面目表情各不相同，而這個歷時三十年動用人工上百萬尚未完工的地下王國，史籍並無記載，卻是一九七四年三月當地農民打井時無意發現的。

一九七八年六月，秦陵「封土堆」西側出土了兩乘銅馬車。兩千年前，西安人的祖先所開發的青銅冶鍊和鑄造技術，令人歎爲觀止。二號銅馬車尤其精采，由三千四百六十二個零件組成，其中銅鑄件一七四二個，金鑄件七三七個，銀鑄件九八三個，車篷蓋呈龜甲型，長一七八公分寬一三〇公分，厚薄不均，形成一定的弧度，據說有防避弓箭的作用，稱爲「安車」。車馬造型逼眞，御者神態栩栩如生，不但西安人引以爲傲，人類藝術史上也是劃時代的成就。

十五世紀以後，海上絲綢之路逐漸取代了陸上的中西交通。唐代以後，中國的政治中心東移，古長安文明慢慢向下沉淪。宮廷雅樂瘖啞，代之而起的是淒厲哀惻如鬼哭狼嚎的秦腔。一直到二十世紀，西安人的「漢唐盛世」，早已成爲歷史風煙，明日黃花。

一九七七年五月間，我生平第一次去西安。從北京上火車，兩天一夜，顛簸千里，抵站已是黃昏時分。當時的腦子裡，裝滿了「秦時明月漢時關」的浪漫形象，一肚子的唐詩洶湧澎湃，要求我立刻趕赴現場印證。那晚上的心情，跟「信天游」一樣，落寞而蒼涼。文革剛過，滿街只見面目凝重的灰色人群；樹影幢幢，往來穿梭的自行車如蝗蟲過境。街燈大概只有十五燭光的亮度，建築物隱在黑影裡，有如兩排巨大的墓碑。當年還有個很奇怪的習慣，據說是爲了省電，汽車夜行只在會車時才開一下前燈，西安這個曾經漢唐盛世的國際大都會，在乍明乍滅的光源下，活像酆都鬼域。

二十八年後重臨，西安又活過來了。色彩重新出現，夜市恍若白晝，交通繁忙，巨廈林立。西安成了日本人朝聖、中國人懷古與西洋人觀光的目的地。外資大量擁入，中原人才匯聚，如今是七百八十萬人口的西安，更成爲中國第三階段發展戰略中大西北開發的龍頭。

西安人學會了利用祖宗賺錢的現代服務型經濟的運作，他們不再眷戀「漢唐盛世」，卻處心積慮設計打造人們頭腦中想像著、心靈裡嚮往著的「漢唐盛世」。

西安人已經拋棄了祖宗的政治包袱，徹底轉化成「唯利是圖」的純經濟動物。新的「絲綢之路」，現代化合理化的西安人，看來就要從這裡開步。

直觀中國

絲路倦遊歸來，胡亂吸收了不少感性資訊，應趁冷卻之前，稍事整理，作個總結。

在香港大嶼山機場候機返台北，有三個多小時的空檔，正好可以坐下來，反芻一下。回顧與反思的範圍，自然不限於這次觀光性的旅行。

首先應該澄清，我不是專業的中國觀察者，平常也很少有系統地收集與分析有關中國發展的資料。雖然從不試圖建構理論，但幾十年來，沒有停止閱讀與關心。

其次應說明，多年來多次進出中國大陸，爲了避免兩岸官方意識形態的干擾，我隨時警惕自己，絕不可失去以民間爲本位的獨立思考的知識分子身分。

而我也不是個單純的觀光客。

那麼，我的觀察、感想和意見，究竟有沒有意義呢？

至少，我相信，每次旅行後，便發現心目中的那個「中國」形象，產生了或大或小的調整。因此，自我教育的意義，是相當肯定的。

進一步推想，根據這種觀察、感想和意見，寫成文字之後，對別人而言，有沒有任何意義呢？

我不想妄自菲薄。我的理由也許說服力不強，但我確實相信自己的直覺（當然，這種直覺，是有些知識做爲基礎的）。不妨舉些實例。

一九七四年四月，是文化大革命席捲全國八年之後逐漸進入政治運動疲憊的時期，我第一次以成年人的身分回到中國。當時的心態，比正宗左派還要左，這是從一九六六年開始受全美國反戰學潮和民權運動深刻影響下的一個左翼青年的標準心態。可以說，那次的旅行，事實上等於「朝聖」，跟SDS（美國新左派學生組織）組團祕密前往古巴與珍．芳達潛往河內的行爲，沒有兩樣。由於對美國軍工政複合體與既成體制的深度失望，六〇年代的進步青年，無不把人類的光明前途寄望於毛澤東所代表的中國。

然而，我的直覺，很快讓我坐立難安。

抵達深圳的當晚，便覺不太對勁。

那時候的深圳，雖說在政治上屬於邊防重鎮，經濟上只是個附近農村農產品的貨物集散地，完全沒有現代建築和產業。

不過，我們本來也不是要看現代都市，只想知道，一個社會主義制度的農業集鎮，究竟是什麼面貌。

華僑飯店晚餐後，李我焱、張北海和我，三家人大小共十一口，避開了官方的陪同幹部，循著一條鄉村碎石子路，花了四十分鐘時間，摸進了燈光昏昧的深圳市區。

晚上七、八點鐘，大街上只有三、五家商店開門。商店裡的簡陋貨架上，擺著些毛巾、肥皂、牙膏和漱口缸之類的土產，而整間店鋪擠滿了人群。奇怪的是，商店裡並沒有任何交易活動，人群只是圍著貨櫃和貨架轉圈子。偶有人問貨價，售貨員的態度更叫人吃驚，跟我們頭腦裡想像的工人階級當家作主，好像也不吻合。

更奇怪的是，大街旁的側巷裡，沿牆坐著一排少年，跟柏克萊校園附近的嬉皮派對一樣，少年們輪流傳遞的，可能不是大麻，只是香菸。

四月中下旬，我們到了上海。

每次從華僑大廈出來，李家和我們家的兩部摺疊式手推嬰兒車，必然成爲萬眾圍觀的中心。這兩部嬰兒車，彷彿是外太空來的飛船，而圍觀的群眾，只是睜大眼睛看，互相推擠著。沒有人說話，連一點聲音都沒有，場面相當恐怖。

那一年，從大陸出來，站在九龍尖沙咀的碼頭上，望著對海香港中環的絢麗夜景，簡直不知道自己是否還在人間。

我相信直覺，尤其是每次進入大陸，回到香港時，那種強烈的對比所造成的心理震撼，可以告訴你很多很多事情，是任何統計數字和科學理論都無法忠實傳達的。

一九七四年大陸朝聖後，回到紐約，我根據自己的直覺，在滿屋子保釣左派戰友逼問下，公開提出了一個結論：「那裡的人，活得不像人！」

三十一年過去了，當時嚴厲批判甚至公開羞辱鬥爭我的人，現在都沉默了。唯一留下的評論是：「你走得太快，說得太明！」

我的直覺不說謊。

一九九二年夏，承《中國時報》資助，我從上海出發，坐火車到江西，再經粵漢鐵路轉接武漢，在宜昌上船，跑了一趟長江三峽。重慶登岸後，繼續遊成都、樂山，登峨嵋，又轉飛昆明、北京、南京，最後回到上海。

這一趟萬里中國之行，最後寫成了一本小冊子，題目：《走過蛻變的中國》。除了詳細記錄沿途所見所聞與所思，那本小冊子有兩個重心，作爲我對當時中國觀察思考的結論。

兩個結論都沒有統計數字與社會學說作依據，全部得自直覺。

第一個結論是：作爲中共革命以來統治基礎的官定意識形態全面退潮；

第二個結論是：中共建國以來全力壓制務求消滅的市民文化全面復活。

小冊子的最後一句話錄在這裡：

「從所有這些看似矛盾的雜亂印象裡，我看到了中國人的希望。」

一九九二年是天安門事件發生後的第三年。當時的中國，政治上受到全世界的譴責，經濟上孤立無援，等於被完全封鎖。跑遍大江南北，我看到的是個劇烈震盪之後靈魂出竅不知何去何從的社會。

但我的直覺告訴我，「六四」的死難絕對不是白費，一種巨大的無形的休克，掃清了一個時代錯誤，沖垮了籠罩我們這個民族七、八十年的一個永遠無從實現的神話。

現在，十三年過去了，大家都在談「中國的和平崛起」。

這次的絲路之行，我的心不完全放在歷史古蹟、先民文物與邊塞風光上面。心的深處，始終放著一個「大西北開發」的問題。

這是中國當代發展戰略中的第三梯次行動（前面的兩個梯次行動集中於東海岸和長江流域），也是攸關中國是否能夠眞正成爲一個現代化的政治、經濟、社會和文化大國的最終關鍵。

雖然正在「和平崛起」，中國目前還是個患了半邊癱瘓症的病人。城鄉差距和貧富不均不說，無論從硬體建設和軟體配套看，目前的先進和落後地區，彼此相差何止五十年。

但從這次絲路之行的浮光掠影中，我也累積了一些直覺的感受。

在烏魯木齊的一家酒店裡，我看到園林布置中居然採用了Kentuky Blue Grass（肯塔基藍草）。在黃河岸邊的蘭州市高地景點白塔山上，同行的工程師妹夫指點著市區的天際線驚歎，他看到三十七座起重升降台架，正在林立的高樓中搬運鋼材，建造新廈。

河西走廊的千里戈壁灘上，正同時多點鋪建高速公路。

物質方面基礎設施到處動工的興旺景象並不具有完整的說服力，人的精神面貌有時更重要。

這次旅行，我特別注意觀察一種新的中國人品種，說得簡單點，就是全面實行一胎化政策之後產生的中國下一代。

跟我讀到的專家學者們的論調不同，我發現這些被稱爲「小皇帝」或「小公主」的新中國人，目前二、三十歲的，跟他們的上一代或上幾代的中國人相比，完全是新品種。他們精打細算，對自己的生涯規畫採取理性而現實的態度。而老輩中國人腦子裡根深柢固的那些形形色色的浪漫情緒和理想主義，基本上不見了，取而代之的是脫去意識形態外衣的自尊與自信。他們勇於干預生活，卻不被生活淹沒。

這個品種的產生，跟獨生子女究竟有多密切的關係，難以說清。可以肯定的是：大西北的開發與中國的和平崛起，必將反映他們這一代的性格。

輯五 ● 時事家國

世界火災

東亞的未來局勢紙包不住火，越來越明顯了。二〇〇五年十月二十九日，美日兩國又舉行了一次所謂的「二加二」會談。這是不到四年內連續舉行的第三次「二加二」，意義非同尋常。

第一次「二加二」發生於二〇〇二年十二月，今年的形勢彷彿特別緊張，從二月到十月，不過半年多的時間，兩次「二加二」。

所謂「二加二」，就是兩國負責國防與外交的最高領導人進行的「碰頭會」。這種「碰頭會」，性質與例行公事的見面完全不同，而是對內協調步伐對外強調結盟的一種戰略對話與部署。

十月二十九日華府「二加二」會後，公布了「日美同盟轉型及整編計畫」。根據這個「計畫」的精神，日本防衛廳長官大野功統表示：過去美日同盟主要是爲了美軍使用其在日本的基地，目標是防衛日本。今後的美日同盟則將有更多的共同作戰作業。

什麼叫做「更多的共同作戰作業」？乍聽耐人尋味，其實呼之欲出。美國防部長倫斯斐一向快人快語，鷹派本色，說話便不像他的日本「對口」那麼含混。「半個多世紀來，美日同盟是維繫東亞和平穩定的主要架構。同盟關係必須因應時代及情況變化而變革。今天美日的共同挑戰是新的正在形成中的威脅。」

「新的正在形成中的威脅」當然就是「中國」兩字的代號。

跟以往兩次「二加二」不同的是，這次會談作出了具體、實質而露骨的決定。這個「神聖同盟」要增加對防衛日本及因應「周邊狀況」的快速反應能力。雙方將在美軍駐日本的橫田基地，設立共同作戰中心。美國將在日本部署新型監視型X-Band雷達並提供愛國者三型及海基標準三型飛彈。

結合日本首相小泉與部分國會議員無視於中、韓舉國上下憤懣繼續參拜靖國神社的挑釁行徑與日本右翼日益高漲的修憲整軍呼聲。這個急速強化的「神聖同盟」，就其今後必然迅速擴張的「能力」而言，早已逾越「防衛」範疇，向「先發制人」的方向猛進，實已勢所必然。

而台灣恰恰屬於這個「神聖同盟」保護傘公開宣布直接卵翼下的所謂「周邊地區」。

既然在外交上承認中國只有一個，並對「海峽兩岸的中國人都認爲只有一個中國」的事實，表示尊重。爲什麼又在軍事戰略部署中，把台灣劃歸其保護地？

這個矛盾的癥結，如何理解？

我知道，台灣有不少人都對當前的處境焦心苦思。我願藉一位美國作家的觀點，提出一些想法，供大家參考。

二〇〇四年，耶魯大學法學院教授Amy Chua（菲律賓華人後裔）出版了一本重要著作，書名是《世界在焚燒》（*World on Fire, Anchor Books, New York*）。她在二〇〇三年七月一日寫的〈後記〉中，有這麼一段話，值得介紹一下。

在討論美國攻伊之戰的策略時，Chua 引述了二〇〇二年九月白宮公布的《美利堅合眾國國家安全戰略》中的論述，我譯成中文如下：

「我們要積極努力，把民主、發展、自由市場與自由貿易的希望，推向世界每一個角落。」布希總統二〇〇三年三月三十一日給眾議院議長寫了一封信，解釋這一重大戰略：「伊拉克解除武裝和解放，只是走向在伊拉克發展自由市場、民主政治的第一步。」

先不談美國新保守主義者心目中的伊拉克，是否能像二戰後的德、日，最終成爲市場經濟、民主政治的轉型典範，或者如目前的伊拉克，是否將重複南斯拉夫解體後的四分五裂和種族清洗大慘劇。

關鍵的問題是，最近二十年來，美國向全世界大力推銷兩種產品：一人一票普選式的代議制民主政治和放任開放的自由貿易自由市場經濟。

然而，Amy Chua 指出，這兩種產品，本質上具有無法調和的內在矛盾。放任式的自由市場經濟體制，必然鼓勵少數菁英在極短時間內暴富（據說台灣三大家族和六大財團擁有台灣四分之一的資產），形成社會上強烈的貧富懸殊現象。而一人一票的普選式民主，必然又要針對這種不合理的社會不公劇烈反彈，極易造成少數善於譁眾取寵的野心政客壟斷大權。野心政客面對政治競爭，必然傾向於提出最刺激煽情的主張與口號，從而導致社會動盪，輕則永無寧日如台灣，嚴重者，像亞洲的印尼，美洲的玻利維亞，非洲的辛巴威，常年流血內戰之外，還可能發生經濟總崩潰甚至演變成種族滅絕事件。

最反諷的是，美國向全世界推銷的這兩種產品，是完全脫離現實即在美國也從未實踐過的美麗口號。

美國自一七八七年通過《聯邦公約》，由於規定了「財產資格」，窮人便被排拒於選舉權之外。一八六〇年廢除了這種「資格」，又加上了「付稅」和「赤貧者」條款，美國南方的黑人，要到二十世紀才獲得選舉權。一直到一九三四年，還有十四個州，規定窮人不得投票。婦女選舉權在美國的歷史，與窮人、黑人不相上下。

同時，美國歷史上也從未實行完全放任的市場經濟制度（laissez-faire market economy），各種形式的限制條例，避免財富分配過度不均的累進稅率和社會救濟福利手段，是美國和絕大多數西方國家利用資本主義創造財富時配套實行的平衡措施。

把這種純理念的邏輯上最完美的政治經濟制度，以批發方式甚至以戰爭手段推向一個經濟落後、政治封閉、文化教育偏枯並加上族群矛盾本已糾纏不清的國家或地區，並要求人家一夜之間脫胎換骨，如此萬應靈丹式的神話，能不引起火災嗎？

十九、二十世紀流行的另一種神話，不也曾在全球範圍內，造成了幾近百年的大火災？

市場經濟是創造財富的有效方法，這一點，我不懷疑。

民主政治是防範權力腐化的必要制度，這一點，我更不懷疑。

不過，市場自由可以變質爲權錢勾結，民主選舉可以轉化爲民粹氾濫，歷史上已屢見不鮮，即在今日，也是活生生的事實。

當前的台灣，實已到了不深切反省便不無可能重蹈歷史覆轍的時候了。

美日「神聖同盟」是離不開他們自己的政治經濟利益本位的，作爲這一「同盟」定義下「周邊地區」的台灣，是否應該永遠追隨下去，完全依附這把現成的保護傘，而對變生肘腋的危機視若無睹？台灣在近期內，有沒有中立化的可能？

台灣無論在朝在野，政治人物的思想格局，一方面由於幾十年來形成的慣性，一方面出於現實權勢的考量，要求他們自發反省，改弦更張是不可能的。

選民和納稅人卻不應受此限制，以民間爲本位的獨立思考者，更責無旁貸。

Amy Chua 反省的是美國新保守主義的全球化策略。她站的是美國民間知識分子的立場，但她的思考成果，卻可以供我們借鑑，如何自求多福，避免引火燒身，逃過這一場世界性的大火災。

美國噩夢

多年前，在一次國際場合的雞尾酒會上，一位來自北京的年輕外交官，手上端了杯馬丁尼，主動找我交談。

那段時間（九〇年代初），中國在世界上相當孤立，他們的外交官，態度非常謙虛，一有機會便宣傳「安定團結」的重要性。我聽得不太耐煩，恰好他提到卡特總統的「人權外交」，並搬出那套「中國國情不同」的牽強說法，一下子把我惹火了。

「你們太笨了，」我決定消遣他一下，「爲什麼老在別人開闢的戰場上，按照人家的規則，打一場無力還擊的仗？」

對方是當時逐漸湧現的開明務實派，居然不恥下問。我於是提出了我的主張。

「我要是你們，一定抓住任何機會，在適當的國際論壇，提出一套全新的人權原則……。」

「什麼樣的人權原則呢？」他問。

我相信，北京的新一代外交官，對二戰後以羅斯福夫人爲首的美國代表團，在聯合國範疇內倡議推動並最終通過的《世界人權宣言》，應該有一定的了解，所以我就直說：

「人家的遊戲規則裡，有沒有這樣的一條？例如：地球上的每一個人，不論種族、國籍、性別、年齡、宗教信仰……，都應享有自由選擇在地球任何地方生活的與生俱來的權利。」

「你說的是移民權？前些時候，我們的總理鄧小平不就曾對美國總統說過：你們要多少移民？一千萬？五千萬？」

鄧小平確實將了美國一軍，因爲他明白，美國人高唱移民權利，實質上針對的是蘇聯，特別是蘇聯控制該國猶太人不讓他們自由移民出國的政策。

「我說的不是移民權，因爲移民權是受制於國內法的權利。我希望你們把移民權提升到人權的高度，超越國內法的普世人權的高度。」

這個小小的辯論，當然不可能有任何結果。羅斯福夫人的豐功偉業，與戰後美國的壟斷地位有關。中國的國力不到那個程度，不可能重新制訂基本人權的標準。在國際外交上，即使是普世性的價值觀，也必須有實力作爲後盾，才有實現的機會。

美國是個移民組成的國家，但移民有先來後到之分。先來的移民掌握了國家機器，後到的移民便不能不遵守他們制定的遊戲規則。

漂亮好聽的「美國夢」，即使在今天，對後到的移民，尤其是非法移民，還是一場噩夢。

從去年十二月前後開始，全美國自西到東由南向北，各大城市在移民團體和部分教會與人權組織的領導組織下，發動了連續性的街頭抗議示威大遊行。這些以西班牙語裔合法移民爲主流並有大批學生參與的群眾活動，有一個共同的主題，叫做「反HR4437」。

什麼是HR4437?

二〇〇五年年底，美國國會眾議院以二三九票對八十二票的壓倒多數，通過了一項移民法案。這個法案有一個反移民執法的單一目的，規定極爲嚴苛，它不僅將在美非法居留定爲「重罪」（felony），而且計畫在美墨邊境建一道長達七百英里的防堵移民偷渡的高牆。這個法案甚至否決了連共和黨保守派內部都不一定不支持的「臨時工人計畫」，並對雇用非法移民工作的雇主，定下了嚴厲處罰的條款……。

HR4437便是這個法案的代號，這分明是加在新移民頭上的一道緊箍咒。

據美國官方調查，目前的非法移民大約是一千二百萬人左右（墨西哥人占56％），實際數字可能還不止此。這些無證件的黑戶人口之中，主要是每年趕農業時令偷渡進來的西語裔「客工」（migrant worker），但近年來由於東歐社會主義國家解體和中國大陸的改革開放，人蛇和土狼集團偷運的非法移民有日益增多的趨勢。舉例說，美國政府公布的華人人口目前是二百三十萬，但我相信，無法統計的華人非法移民數字可能更高，只要到加州南部洛杉磯附近轉一轉便不難明白，那一帶，華人專用的中文電話號碼簿，已經厚如大英百科全書。華人的工作、飲食、生活起居與旅行，任何需要，不必講一句英語，全都可以解決。

非法移民，對美國社會的不同部門不同階層不同地區而言，由於利弊得失不同，可能有完全不同的體會與解釋。

加州與德州的農業，如果少了「價廉物美」的「客工」，就可能破產。美國各地的餐飲業與低成本服務行業（如家庭傭工、庭院剪草修樹、洗車、搬運……），沒有非法移民，價格可能十倍不止。可是，非法移民搶去了合法公民的工作機會也是事實。最嚴重的是美國公民必須增加的社會負擔，社會福利、醫療和教育設施，在不少地區，已經到了社會安全網瀕臨崩潰的邊緣。

這二年，美墨邊境附近的保守白人社區裡，出現一種反非法移民的志願團體，有一個最積極的團體叫做「民兵」（minuteman，美國獨立戰爭時期的義勇軍），他們荷槍實彈，自動協防，造成了悲劇隨時可能發生的危機。

二〇〇六年三月二十七日，美國國會參議院的司法委員會以十二票對六票（民主黨八票，共和黨四票）通過了一項廣泛移民法案。這個法案的精神與眾院院會通過的HR4437完全不同。它不僅爲非法移民在美工作並取得綠卡開了大門，並爲非法移民取得公民身分掃清了障礙。更加重要的是，該法案推翻了對非法移民處刑的建議，並通過了新的臨時工計畫，准許一百五十萬名農業客工入境（發給所謂的藍卡），而且同意，今後每一年，任何行業都允許增加四十萬個臨時工作簽證的名額。

這個法案的主要推動者是自由派的麻州參議員愛德華‧甘迺迪、共和黨的馬侃（John McCain）和加州參議員安娜‧范士丹（民主黨）。

司法委員會的這一開明做法，與去年十二月以來各地街頭行動造成的全國性龐大社會輿論壓力顯然有關，然而，事情並不一定完全樂觀，因爲這個法案只是國會一部分（參院）之中一小部分（司法委員會）的建議，它首先還得在參議院的全體院會中討論（三月二十九日開始），又需與眾院通過的HR4437號法案相互協調，最終還得白宮行政當局的批准，才有成爲有效法律的可能。

在今後一連串勢不可免的辯論、妥協和鬥爭中，最終實現的改革移民法規，究竟會修改成什麼樣子，無人能夠準確預料。

最關鍵的或許是今年年底前的大規模期中選舉，全國各地將面臨立法和行政機構的全面選戰。執政的共和黨，藉「九一一」之後的反恐風潮，目前控制著國會參眾兩院。但伊戰深陷泥淖，布希也到了跛鴨階段，他累積的政治資本所剩無幾。共和黨陣營內，面對移民法改革這個議題，由於各地區和社會不同部門與階層的利益並不一致，已經出現了嚴重分裂。民主黨是否有可能利用這個議題，重新奪回立法大權？這是今後半年左右最值得觀察的趨勢。

如此看來，生活在美國噩夢之中的非法移民、社會最底層的這一千二百萬人，最終的命運，完全要看國內黨派政治的鬥爭結果。他們事實上連自救的權利都沒有，爲了隱藏身分，大多不敢走上街頭，只能暗中希望，代表六〇年代良知的殘餘火花，同一些利益團體互相結合，繼續維持社會輿論的壓力，在即將到來並可能扭轉全美政局的期中選舉中，產生一些影響。

（作者註：二〇〇六年十一月期中選舉結果，民主黨大勝，奪取了參、眾兩院的多數，美國「變天」了，移民問題略露曙光。）

血淚黑金

二〇〇六年一月二日，暴風雨之夜，清晨六點二十六分，一個名叫賴斯的卡車司機說：「好像有人引爆了炸藥桶，我以為閃電打中了我的房子……。」

他的房子離薩戈煤礦（Sago Coal Mine）的入口坑道只有幾百呎。一家芬蘭公司的閃電組組長迪米特萊德說：「我們測到兩次閃電，第一次發生在六點二十六分三十五點五秒，第二次是六點二十六分三十五點七秒，後一次的能量比通常閃電大五、六倍……。」

六點三十分，薩戈煤礦爆炸，產生了大量一氧化碳，十三名礦工困在礦坑裡，經過四十小時的營救，十二人遇難，僥倖生還的麥克洛，今年二十七歲，目前未脫險境，仍在昏迷狀態。

調查仍在進行，但有一個說法：閃電施放出來的能量，導入礦坑，點燃了廢礦坑道裡的甲烷，引起爆炸。遇難礦工所在地與廢礦坑道之間，原有二至三英尺厚的封堵牆，被炸開後，一氧化碳湧入。

礦工的屍體正在進行解剖，但他們看來似乎都很安詳，好像睡熟了，是典型的一氧化碳中毒現象。

這個礦難事件在全美國引起了極大的震撼，這不僅牽涉到十幾個人的存亡，遇難者的家屬，在長時間營救過程中，由於傳訊錯誤，彷彿被人綁在雲霄飛車上，在生死兩界跌宕起伏。

一月三日下午，聚集在礦廠附近教堂裡的家屬們，聽到了壞消息，營救隊隊員找到了一具屍體，並測出屍體所在地的一氧化碳濃度極高，爲致死量三倍以上。然而，當天晚上，奇蹟出現了，消息傳來，營救隊找到了十二個人，全是活的！教堂裡一片歡呼，家屬們互相擁抱、流淚，在場的每一個人無不相信，禱告應驗了，上主聽見了我們的呼喚。

不過，福音只維持了大約三個小時，雲霄飛車又沉入谷底。

礦公司總裁哈特費爾德召開了一次氣氛緊張的會議，向家屬們宣布：州政府和聯邦政府官員們證實的那個「好消息」不確實。教堂裡一片吼聲，哈特費爾德被人當眾斥爲「騙子」，給趕出了教堂。

在一定程度上，全美國關心這一事件的讀者、聽眾和觀眾，也坐了一趟雲霄飛車。星期三上市的所有報紙，幾乎一無例外，全都在醒目地位報導了誤傳的「好消息」。電台和電視也一樣，只不過較不受時間限制，更正發得快一點。

礦難已經極爲不幸，烏龍事件等於火上加油，往受傷的身體撒鹽。

哈特費爾德的解釋是：星期二（一月三日）晚十一時四十五分，營救隊的一支人員抵達遇難處，其中一名隊員向位於礦道入口處的聯絡站報告，由於發話的人戴著氧氣罩，聲音傳達有問題，加上所有當事者渴望好消息的心情，「找到了十二個人」這句話，以訛傳訛，變成了「找到了十二個活人」（英語原文是：We found all 12 bodies. One is alive. 誤聽爲：We found all 12 bodies. All are alive.）。

哈特．費爾德承認，通訊設備陳舊，也是發生錯誤的原因之一。

礦難事件撥動了許多人的神經，布希政府的勞工部長趙小蘭（華裔）聲明：「政府將採取一切必要的步驟，保證這種事件不再發生。」國會民主黨議員紛紛呼籲召開聽證會，審查礦公司的安全紀錄，追問布希政府的礦業安全政策。據報導，薩戈煤礦二〇〇四年收到的違規傳票共計六十八張，二〇〇五年達二百零八張。該礦原屬安卡西維吉尼亞礦產公司所有，最近轉賣給國際煤炭集團，這個集團的後台是羅斯投資公司（W.L. Ross & Company），羅斯公司的大老闆名叫小偉爾勃．羅斯（Wilbur L. Ross, Jr.），華爾街公認他是一名精通裁減開支的專家。近十年來，羅斯收購了不少破產的鋼鐵、紡織和煤炭公司。他絞盡腦汁節省經費，把這些破產公司轉虧爲盈。

布希政府也在這次全國矚目的事件中備受批評，不少人認爲，礦難的發生，是否與聯邦政府近年來放鬆一些嚴格管制政策有關，應該深入檢查。

究竟是誰的責任？閃電？財團？還是薩戈煤礦的經理部門？在美國，以至於全世界，不能不看一看宏觀面——能源的無止境消費趨勢。

近年來，美國工業界的一項重要努力，即在於如何將十九世紀的用煤觀念轉化爲二十一世紀急需的乾淨能源。去年春天，美國通用電氣公司（GE）展開了一項「經濟想像計畫」（Ecomagination），大力鼓吹該公司開發的乾淨煤技術，其中的一個廣告這麼說：「駕馭煤力，日新月異！」（Harnessing the power of coal is looking more beautiful everyday!）

然而，煤眞的變得純潔無害、美麗如黑金嗎？

美國肺臟協會估計，美國因電廠排汙造成的過早死亡，每年達兩萬四千人。在東部的阿帕拉契山脈礦區，一種稱之爲移山採礦的技術（Mountaintop Removal Mining）已經削平了三十八萬英畝山頭，消滅了七百英里的溪水河道。燒煤工廠每年排出的燃燒廢物達一億三千萬噸。此外，最嚴重的是，美國釋放到大氣層中的二氧化碳，百分之四十來自煤。

可是，近年來，由於汽油消費量大增，油源緊張，油價飛漲，煤的地位突然提高，布希政府的寬鬆政策也加上一臂之力，造成美國一半的電力來源使用煤。煤不但價格便宜，而且供應無缺，據統計，美國的儲量足可利用兩百五十年。

新的技術確實在發展，目前就有大約一百二十家新型燃煤工廠正在興建。廢物排出量大爲減低之外，新技術還可以將固體的煤液化爲柴油，成爲汽油的替代品。

美景全面實現以前，現實的醜惡依然必須每天面對。西維吉尼亞、賓夕法尼亞和肯塔基等州的某些煤礦，尤其是小公司經營的老礦，表層早已挖完，深入地層的礦坑窄小，通道曲折複雜，礦工們稱之爲「狗洞」（dogholes）。肯塔基西部有個礦坑，採煤處只有二十吋高，礦工必須以腹貼地躺著挖。

關心的讀者一定早已想到，中國是全世界礦難頻發率最高的國家。「世界工廠」的美名至少有一部分是建立在無工會保護而備受剝削的千萬勞工的苦難身上。

中國大約一共有三萬五千座煤礦，每年因礦難死亡的礦工高達五千人以上。最近因爲多起特大礦難事件，政府當局才宣布嚴格管制，封了五千兩百九十家安全設備有問題的礦廠。

我要特別向讀者推薦一部中國電影，片名叫《盲井》。我不介紹內容，你看了就明白。

回到西維吉尼亞的薩戈城。

營救隊發現，五十一歲的礦工馬丁．托勒死前在荷包裡找到一張保險單，用鉛筆在背面寫了一行字：「告訴大家——到另一邊相會，我愛你們。」

奧斯卡難測

今年的金球獎，李安與《斷背山》是大贏家，關心華人電影成就的讀者不免預測，三月五日的奧斯卡，李安與《斷背山》必將更上層樓，再奪大獎。

我不敢預測。

首先，金球獎的組織與奧斯卡完全不同。前者是各國派駐好萊塢的一個記者聯誼會，人員有限之外，專業的興趣與修養也比較單純劃一。奧斯卡的「組織」是美國「電影藝術和科學學院」（Academy of Motion Picture Arts and Sciences）。雖稱「學院」，其實是個同業協會，但它的成員數目眾多，專業分工歧異，包括有關電影工業從生產到技術到表演藝術的所有分支領域。如此龐大而複雜的一個成員團體，要通過民主投票的方式，產生多數決的統一意見，變數太多了，預測幾乎不可能。

我記得，李安在金球獎宣布導演獎後的發言中，表現得十分謙虛。他以巧妙的方式，向頒獎給他的克林．伊斯威特（Clint Eastwood）表達了敬意。克林．伊斯威特曾兩次獲得奧斯卡導演金像獎（*Unforgiven* 和 *Million Dollar Baby*；台譯《殺無赦》和《登峰造擊》）。他同時指出，美國電影本年度收穫豐碩，成就非凡。言下之意，自己得獎純屬僥倖。

雖然在發表得獎感言時略顯緊張，我卻覺得李安上台領獎是有備而來，事先一定做了功課。從他的發言內容判斷，李安對美國電影界裡外上下的心理現狀，分寸掌握恰到好處。

所以會有這麼一種印象，是基於我對美國電影界的一個基本認識。用簡單的話語說，中文叫做「情與理」，英文叫做 heart vs. brain。

不妨延伸談一談。

好萊塢就是夢的製造廠，這是常識，誰都知道。

然而，用什麼手段製造「夢」呢？

萬變不離其宗，主要兩條。一條叫「情」，一條叫「理」。美國人稱之爲「心對腦」。當然實際操作時，兩者不容分割，但各有偏重。

先從一個似不相關的旁例來說明。

今年的電影中，又有一部《傲慢與偏見》。英美文化傳統中偏愛珍・奧斯汀（Jane Austen）是我們中國人極不易理解的一個現象。從四、五〇年代開始，英美電影文化工廠每隔幾年就要重拍一次《傲慢與偏見》，連我這個略有大中國大男人主義傾向的異國觀眾，都至少看過五、六個不同的版本。（坦白說，我還是認爲ＢＢＣ一九九六年推出的連續劇版本，最爲精采，Simon Langton 導演。）

珍・奧斯汀的魔力究竟在哪裡？

難道只因爲六〇年代的女權運動帶動了一個新思潮，讓奧斯汀像出土文物一樣，重見天日？

就算在中國現代的文學人口中，奧斯汀似乎也只是個「女」作家，甚至被人視爲「閨閣作家」。

中國人，尤其是近代史影響下的中國人，讀小說都喜歡讀格局大、情節複雜而人物心理層次變化難測的作品，而奧斯汀似乎三者俱無驚心動魄之處。她自己便常在給友人的信函中自嘲，說她的作品有如「象牙上微不足道的塗鴉」，或說自己的小說世界有限，不過是鄉村裡兩、三戶人家的喜怒哀樂，且經常只圍繞著兩、三個女子的戀愛結婚問題鋪陳故事。

這豈不是自我招認「婦道人家」嗎？

如果相信她的自嘲，那就上當了。奧斯汀是個反諷專家，她小說的藝術力量主要通過反諷手段，最終卻能建立一個秩序儼然的理性世界。讀者必須通過閱讀「發現」這個「冰冷」的理性世界，才有可能窺見，奧斯汀的格局其實不小，且內涵豐富，極富顛覆意味。

這個理性世界如此「冰冷」，以致於艾瑪．湯普森（Emma Thompson）將奧斯汀的《理性與感性》（*Senses and Sensibility*）改編爲電影劇本後，進行了一場長考：究竟該請誰來當導演？

湯普森是英國極有分量的莎劇演員，也是女性中少見的「腦力」藝術家，她的選擇，我覺得非常有意思。她決定請李安執導。

就英國傳統文化觀點看，李安絕對是個門外漢，這個論斷，相信李安本人也不會否認。爲什麼偏偏選他呢？湯普森看中的是李安的抒情能力。

普林斯頓大學的中國文學教授高友工先生認爲，中國文學最核心的本質就在於「情」。李安是這個傳統的忠實繼承者。湯普森對奧斯汀的理性世界了解甚深。她知道，由一位不懂因此也就不耽溺於英國傳統文化細節的抒情高手來負責演繹奧斯汀，最有可能推衍出她心目中想要的情不離理、理不離情、分寸絲毫不爽的世界。這個世界，代表了湯普森對奧斯汀在這個新世紀裡應有價值的理解與期待。

我認爲李安在《理性與感性》（其實譯爲「理與情」更好）一片中處理得很有見地。像他要求休．葛蘭（**Hugh Grant**）演的那個角色，行爲舉止必須侷促謙卑，據說曾引起該演員的抗拒。但從影片整體效果看，應該是恰如其份的做法。

李安的《斷背山》也表現了這種「情」的分寸掌握火候。坦白說，我進入電影院之前，自覺仍有「雞皮疙瘩」似的心理障礙，後來所以「渾忘」，完全應歸功於導演在場景選擇、人物互動方式的含蓄方面逐漸累積起來的藝術力量。

今年的奧斯卡，李安與《斷背山》所面臨的競爭對手，實力不弱。

一大批具有「腦」震撼力的作品。

史帝芬．史匹柏（**Steven Spielberg**）的《慕尼黑》（***Munich***），探討了政治暗殺行爲的道德問題。史帝芬．葛拉漢（**Stephen Gaghan**）的《諜對諜》（***Syriana***），說的是美國利用中東政治亂象奪取石油資源的故事。佛南度．梅瑞爾斯（Fernando Meirelles）執導的《疑雲殺機》（*The Constant Gardener*），揭露跨國製藥公司在非洲落後地區草菅人命的罪行。班奈特．米勒（Bennett Miller）的《柯波帝：冷血告白》（*Capote*）分析了作家與冷血殺手之間的複雜心理與社會命題。甚至演而優則導的新手喬治．克隆尼（George Clooney），在小規模的《晚安，祝你好運》（*Good Night, and Good Luck*）一片中，都挖掘了份量不輕的政治與新聞議題。探討種族主義的《衝擊效應》（*Crash*），更有後來居上的聲勢。

李安與《斷背山》一共獲得八項奧斯卡金像獎提名。

這是一場「情與理」、「心與腦」的搏鬥。投票者是好萊塢電影工業中各行各業的從業人員。從奧斯卡的歷史表現看，思想深刻而社會意識強烈的作品，往往不敵激情催淚讓人感覺良好的影片。

好萊塢的選民，一向傾向於用「心」投票。

只不過，近年來，世界上擾人問題重重，恐怕連好萊塢這樣一個白日夢作慣了的地方，人「心」都難以臆測了。

（作者註：本文寫於奧斯卡獎公布之前，後來的結果是：李安得最佳導演獎，《衝擊效應》〔按：英文片名原意是「撞車」〕得最佳影片獎。）

漫畫與催眠

二○○五年十一月十九日，《紐約時報》頭版刊出了駐東京記者的一篇專題報導，〈亞洲對手的醜惡形象成爲日本暢銷書〉。

文中提到的「亞洲對手」主要指中國和韓國。

二○○二年韓國與日本同爲足球世界盃主辦國。這個平等地位已經讓日本民間不少人反感，比賽結果更火上添油，日本成績居然落後於前殖民地。加上日本的韓國移民一向被視爲破壞日本社會治安的亂源，排韓情緒遂悄悄滋長。

一九八八年漢城奧運會之後，韓國的國際地位上升。近十幾年來，由於政府主導的經濟政策走對了路線，國內工商業與國際貿易齊頭並進，國民年平均所得這十年從不到台灣的一半追過了台灣，在發展中世界的芸芸眾國中表現突出，儼然有新興工業國的氣象。

最教日本人受不了的是，近幾年來，韓國電影、電視連續劇和流行音樂猛然颳起一陣哈韓風，在日本國內造就了一大批瘋狂追隨者（以中年婦女爲主），甚至有成百上千的日本粉絲，公然組團在亞洲各地緊追韓國偶像不捨。

這種現象，日本學術界很少討論，但在俗文化的層面卻出現了強烈反彈。

《紐約時報》報導的，就是這一社會層面的最新趨勢。

由漫畫家山野車輪主編的漫畫書（約三百頁）《嫌韓流》，一上市就暢銷三十六萬冊，目前正積極籌畫出版續集。

漫畫書的主題是個日本青少年如何取得對韓國的正確態度的過程。這個「過程」的表現手法極爲有趣。首先，韓國人的造形加以醜化。小眼睛矮鼻子黑頭髮按理說不能算是惡意的「醜化」，然而，對照日本人明治維新以後的新的人體美標準，卻是不折不扣的惡意醜化。

必須明白，早在一八八五年（明治維新開始後第十七年），至今仍被尊爲日本現代化思想鼻祖的福澤諭吉就提出了「走出亞洲」的認眞主張。福澤深感日本的鄰邦落後愚昧沒出息，跟這種人做朋友，只能墮落沉淪。日本人必須跟西方走，並用西方人對付亞洲人的態度來對付自己的亞洲鄰居。不少人認爲，福澤的這種理論，正是二戰時期日本軍國主義的思想根源。

《嫌韓流》的漫畫手法直接反映了這一傳統。小眼睛矮鼻子黑頭髮的日本人都在形象上出現了「飛躍進步」，變成了大眼睛高鼻梁金頭髮。

漫畫人物最終體會的「正確」韓國，也符合這一認識。「韓國的一切成就都是日本殖民政策的賜與！」

另一本暢銷漫畫書以中國爲對象，書名是《介紹中國》。這裡介紹的中國，顯然比韓國更要爛上百倍。「中國人是野蠻的吃人肉的民族」；「今天的中國，原則、思想、文學、藝術、科學、體制……，一無是處」。漫畫並藉其中人物的口，引述前日本首相小泉純一郎的話說：「日本爆發的疫病，大部分來自中國。」「中國是淫業超級大國，賣淫所得占全國總收入的百分之十。」

《介紹中國》的文字作者是旅日多年的台灣人黃文雄。此間中文報紙誤以爲即當年刺殺蔣經國現任國策顧問的黃文雄。事實上，這個漫畫文字作者黃文雄現年六十六歲，寫了五十幾本迎合日本人仇華情緒的暢銷書。尤其這兩年，中國大陸民間反日示威抗議不斷，今年的書賣破百萬冊，大發橫財。北京政府壓抑國內抗日活動後，黃君大失所望。

「如果他們繼續反日示威，我的書可能不止賣一、兩百萬本！」他說。

俗文化中的反異族情緒並不限於日本。中國幾千年的歷史中，這種事例也屢見不鮮。我對韓國的歷史不太了解，但從韓劇《大長今》中無意流露的自誇傾向也約略可以推知。

當代心理學的研究有一項有趣的發現，也許可以增加我們對己對人的認識。

在人類認知的過程中，心理學家指出，「暗示」可以產生改變或扭曲「眞實」的力量。認知過程，按其功能劃分，是從低階段往高階段不斷處理資訊的過程。這個過程處理的資訊材料，包括光線、顏色、觸感、聲音和氣味等等元素。舉例說，當我們看一朵玫瑰花的時候，首先眼睛、鼻子等器官接收一堆資訊，將之送進大腦皮層的初級感覺區，綜合處理後，出現了玫瑰花的形狀。接著，這個初步處理的成果，繼續往上送（功能的上下，不是位置的上下），於是，我們感覺到顏色、明暗、細部紋理結構和氣味，再往上送，便與大腦中貯存的記憶、知識和（或）其他聯想系統結合起來，有些人可以認知這朵玫瑰花的專用品種名稱，也有人產生「美與不朽」的聯想，如德國詩人里爾克，或成爲小說家福克納的「死亡象徵」。

當代心理學家驚異的是，人類大腦中存在的這個資訊處理上下通道，由下往上這條通道中的神經細胞數量，只有由上往下通道的十分之一。

這個發現證明了一些過去難以解釋的「奇蹟」，因爲「知覺」可以改變「感覺」，扭曲「眞實」。

催眠術即其一例。

催眠者利用「暗示」，先操弄催眠對象的大腦「認知」。被扭曲的「認知」資訊再往下送，竟然足以改變受催眠者的「感覺」，讓他們看到或聽到「眞實」中不存在的東西。

非洲巫師有辦法叫受蠱者相信自己遭天譴，必死無疑，遂喪失一切生存的意志，靜待死亡。

人類接受「暗示」的能力範圍是有一定局限性的，但是，這個範圍可不小。

就生理發展的過程而言，由上往下的神經通道往往要到十二歲左右才逐漸長成。因此，十二歲以下的少年兒童，百分之八十到八十五都很容易催眠。即使是成年人，每五個人便有一個一催便眠的「糊塗蟲」。

催眠的力量有多偉大？

一九五〇年代以來，西方醫學界便利用催眠術治療疼痛、焦慮、憂鬱症、心理傷殘、飲食失序和過敏排遺綜合症。十九世紀時，印度醫師成功運用催眠進行麻醉，甚至做截肢手術，一直到乙醚的功能被發現。

如此構造的人，既然容易被騙，「謊話說一千遍就是眞理」就不是完全沒有道理的了。通過這種理解，我們對舞台上表演的魔術、政壇人物的呼風喚雨以及教堂寺廟內外宣傳的各種末日恐嚇和永生救贖，也都可以溫故而知新了。

跟這些直接操控千萬上億人命運的特大規模催眠運動比較起來，暢銷幾十萬本的日本漫畫書算得了什麼。它只不過反映，中國與韓國終於在現代化的求生進程中取得了一些初步成就之後，做爲西化先行者的日本，小市民階層裡開始感到一種隱隱的威脅。

黃文雄之流的俗文化作者，不過是藉這種社會心理賺幾個錢而已。

他們試圖改變的，能夠改變的，終究只是一批容易接受催眠的未成年人。更應注意的卻毋寧是藉這類盲目仇恨煽風點火的政客。

拒見周恩來

有位大陸讀者給我寄來一份剪報，二〇〇五年十月六日出版的《南方週末報》。台灣讀者也許不清楚，《南方週末》雖然是廣東的地方報紙，但因爲一向比較敢談爭議性的問題，內容豐富編排新穎，近年來成爲大陸民間最受歡迎的報刊，行銷全國。

剪報是該報記者朱紅軍寫的專題報導，題目是〈「海外保釣第零團」歸國始末〉。這是一段幾乎完全湮滅了的歷史，因爲自己恰好與這一事件有點關聯，讀到這份報導，不免有些感慨。

這個事件，在當時海外的保釣圈子裡，並不叫「海外保釣第零團」。海外的提法是「周恩來會見保釣五人團」。「第零團」這個說法，是朱紅軍根據公開進行的「保釣一團」、「保釣二團」等後續發展特意創造的名稱，並有突出其「祕密進行」、「被人遺忘」等特性的用意。

「五人團事件」，純粹就史論史，我個人認爲，是保釣運動的一個關鍵轉折。今以後知之明，放大來看，對於當前的台灣政治發展與兩岸關係，都有相當大的潛勢影響。當然，對於事件的當事五人，甚至包括主其事者的歷史人物周恩來，後來的事態發展都未能預見，甚至可能違背了他們的初衷。而拒絕參加這一會見的我，和哈佛大學保釣會的廖約克，坦白說，當時也沒有這種智慧。我們的拒絕，不是基於政治遠見，毋寧是受到現實的壓力。

關於我的拒絕，朱文寫的相當委婉曲折。

「加州伯克利分校的劉大任等人（按：『等人』應指廖約克）……也接到電話邀請，在與朋友的一番深思數（按：應爲『熟』之誤）慮後，他選擇了放棄，理由是『條件尚不成熟，避免不必要的麻煩』。」

朱君在籌寫此文時，曾兩次長途電話訪問，我也仔細回憶了當年的情況，據實回答。但印象中，「條件尚不成熟，避免不必要的麻煩」，似乎是訪問者的主觀總結，不是我說過的話。「條件尚不成熟」一語，似有「海外歸心」的暗示，衡諸事實，未必盡然。

三十五年前的歷史背景，應該大致交代一下。

一九七一年九月間，海外保釣運動已經舉行了兩次全國規模的大示威，國民政府對海外留學生的愛國保土要求，基本上置之不理，只暗中實施打擊分化，以求大事化小，小事化無，並積極部署海外右翼保釣力量，使之轉化爲「革新保台」的方向。

北京政府當時仍在文革期間，四人幫掌握大權，老幹部暗中布置反撲，距林彪事件的「突發」，也還有幾個月。學生運動出身的周恩來，很可能早已注意到海外保釣的發展，他當時或者正忙著與季辛吉祕密會面的大事。發生在美國的保釣，也許是他扭轉中美關係，突破西方封鎖大戰略中的一枚小棋子。與美國既無檯面上的關係，約見保釣五人團，便只能交給駐加拿大大使黃華去辦。

柏克萊（即朱文所稱伯克利）與哈佛保釣會作出了不接受周恩來邀請的決定，也有當時的客觀歷史因素。釣運中，尤其是初期，柏克萊與哈佛這兩個保釣團體，思想最激進，行動最積極。兩個小組的部分成員本來就相熟，彼此聯絡密切，形成了一個不約而同的想法：我們應該帶頭衝，比別人多走一步，以影響逐漸成爲全美聯絡中心的紐約保釣會，把運動方向帶往左轉。但是，正由於柏克萊與哈佛走得太快，所受到的反彈也就最大，壓迫最深。運動初期之後，柏克萊與哈佛的行事作風不得不趨於謹慎。接到邀請後，我與廖約克曾多次通電話，又分別召集了小組會議，進行了激烈的內部辯論。

哈佛內部討論的詳細經過我不很清楚，但可以設想，情況跟我們應該是大同小異。我們這邊，意見針鋒相對，分成兩派。一派主張去，理由主要是：保釣的目的，既然是保國衛土，爲中國人的子孫後代爭取重要的海底石油戰略資源，但多次請願示威，台灣毫無反應。這個訴求，再按目前的方法做下去，肯定無效。今後，保衛釣魚台權益只有一條出路，必須讓海峽兩岸的政府共同出面，一致對日，才有希望。

主張不去的一派認爲，柏克萊因爲運動初期的激進作風，成爲打擊分化的主要對象，別人已經給我們戴了紅帽子，我們如果還去見周恩來，豈不坐實這種誣蔑與指控？

此外，因爲戴了紅帽子，北加州地區九個校園的保釣會都面臨現實的工作困難，號召力大打折扣，中間群眾紛紛走避，我們已經決定暫緩推動激進的政治活動，改採溫和長遠的文化手段，《戰報》改爲《柏克萊通訊》，示威遊行改爲演話劇、辦廣播電台……，從正面抗爭轉爲思想轉化。此時此刻，怎麼又反其道而行？

辯論結果，民主投票，柏克萊拒絕了周恩來的邀請。

但是，必須指出，我們的拒絕並不代表我們反對別人去。事實上，李我焱、王春生、王正方、陳治利和陳恆次「五人團」於一九七一年十一月祕會周恩來並悄悄潛回美國之後，柏克萊立即邀請他們來訪，並爲此舉辦了盛況空前的幻燈片報告會。這是海外台港學生有史以來第一次看到聽到台灣學生到大陸各地參觀並親自拍攝的第一手實況資料。在國共兩方血海深仇所籠罩的幾十年歷史情境中，「五人團」在全美各地進行的報告會，產生了驚人的突破封鎖的效應。

然而，不能不看到歷史的反諷。

七〇年代保釣運動前後的海外，台灣旅美的高級知識分子當中，有三個主要思潮，各自擁有自己的組織和群眾。

平心而論，當時人才最爲薈聚而影響力最大的是保釣這一塊，其次是台灣獨立運動的各派，而力量最微弱的是保釣運動後期分割出來的所謂「反愛會」（全稱應爲「反共愛國聯盟」）所代表的「革新保台派」。

「五人團」雖然在海外掀起了「認識新中國」的高潮，但也正由於這種「高潮」，海外保釣團體不久就公開主張社會主義模式的「中國統一運動」，有些地方甚至打出了紅旗。不但從此斷絕了回歸台灣之路，影響力也因爲留學生的現實考慮，逐漸式微。

歷史的發展尤其弔詭。

林彪蒙古墜機，毛、周先後謝世，四人幫垮，鄧小平出，中國大陸變天……，一連串的發展，海外保釣分子看得目瞪口呆。再也沒有人追究，保釣這一股力量，未能保存自己，適時回到台灣，對於台灣近二十年來的政治發展，究竟有多大的利弊得失？

台灣當前的藍、綠對立政治版塊，追根溯源，就其思想的發生成長而言，實脫胎於三十多年前的海外知識分子運動。「綠」的根本是海外台獨，「藍」的源頭是革新保台，而主張兩岸整合、協力抗日的「保釣」力量，完全缺席。

這恐怕是「五人團」始料未及而幕後推手周恩來也無從想像的吧！

當年錯失與周恩來會面的我，既未感幸運也不覺遺憾，卻爲這人力無從操控的歷史迷宮，多少有些眩惑。

團結不是力量

罷扁風暴暫歇，連署公投仍在醞釀，倒閣戲碼或將登場，台灣的憲政危機短期內似無解決跡象。這一連串的政治鬥爭，各黨各派的立場雖然不得不鮮明，台底下則暗流洶湧，公益私利相互糾纏，內涵錯綜複雜，遠在海外的人或許不容置喙。然而，有些事情，往往距離越近越迷糊，見樹而不見林的觀察方法，必須退到遠方，才有可能校正焦距。

近日傳來的大小新聞專案中，有兩條不在風暴中心的消息，反而引起了我的注意。第一條是中央研究院院長李遠哲先生的四點聲明，第二條涉及學界的動盪。現在分別談一談我的感想。

李先生的四點聲明，據現任中研院副院長，也就是院長左右手的曾志朗（編按：作者此文完成於二〇〇六年十月李、曾卸任前）表示，主要是在國政顧問團成員的催促之下提出來的。首先，國政顧問團究竟是什麼性質的機構？憲法與政府組織法裡面好像都查不到出處。它是不是繼承古代不畏權勢不怕犧牲的御史大夫制度呢？但中央研究院又不是監察院，何況監察院早已形同虛設了。它難道是個現代智囊團式的質詢小組嗎？可是也從來沒看到它的研究作業或報告。或者，它只不過是個光榮的稱號，跟美國職棒大聯盟的MVP（最有價值球員）一樣，成爲發請帖的人隨時可以調用的一張牌？同時，曾志朗又說明，中央研究院直屬總統府，因此提醒大家，這裡有個上下屬的倫理問題，以下諫上，自不能過於苛刻。

這就教我們更加糊塗了。李院長出頭說話，究竟是要爲老闆解圍？還是以民爲本，以社稷爲重，不惜以下犯上，代表歷史的良心？

二〇〇〇年和二〇〇四年的大選關鍵時刻，李遠哲都曾發表公開談話，發揮過臨門一腳的重要作用。這個歷史事實，台灣選民不可能忘記。李遠哲的歷史良心確實是選了邊的，大概也毋庸置疑。當然，在政治紛爭不斷的台灣，號稱非政治性的歷史人物在現實政治問題上選定一邊並擇善固執，也不能算性格上的嚴重缺失。非政治性的歷史人物，地位固然超然，若是堅持理想提早實現，也未嘗不是美德。啓蒙期的民主政制，往往有德高望重的菁英不時說此語重心長的話，恐怕難免吧！

不妨仔細看一看用心良苦的四點聲明。

第一點的主旨涵蓋了過去以至於未來的永恆原則，即「民主政治和政黨輪替」的「普世價值」。

關於這一點，我暫時不提出異議，因爲我知道，台灣的主流意識形態，不論中間偏左或偏右，大抵都毫不保留地接受此一信念。我只想點明，「普世價值」一語，似應稍加修改，至少應將「世」改成「美」。否則的話，至少廣大的阿拉伯世界就「普」不出來。民主政治和政黨輪替兩者是否相互成爲必要而充分的條件，也是可以商榷的。新加坡的政制固然有遭人非議之處，但新加坡老百姓的痛苦指數顯然遠低於台灣，也是事實。

第四點的重點是：「和解才是當前世界的共同語言」。這一點，我也無法提出異議，因爲自己早就說過，統、獨之外，還有一條路——和。只不過，這個時刻由選定了邊的非政治性歷史人物親口提醒廣大民眾，又恰好在阿扁也忽然拋出此議的關頭，不免讓人有何其巧合的感覺罷了。

這一頭一尾的兩點，一談原則，一指願景，都屬於大是大非的範疇，自然是不容批評也無須批評的。然而，相對於當前現實，侈談大是大非，卻難逃不疼不癢之譏。尤其是性子急的人聽了，不就像聽錦衣玉食的貴族老爺說：「何不食肉糜！」

不過，眞正關鍵的還是夾在中間的兩點。

第二點針對執政的民進黨。李院長似乎愛深責切，對於該黨「執政以來，政績有限，弊案不斷……」，表示「深感痛心」，並「殷盼該黨深自檢討，以後功補前過，俾不負人民寄託。」

民進黨「政績有限、弊案不斷」，大概算不上什麼了不起的觀察。但由選定了邊的歷史人物親口講出來，還是表現了一定的魄力的。只可惜歷史人物好像有意無意之間，模糊了焦點。「政績有限，弊案不斷」是執政六年的泛泛之評，台灣人民目前最關心的卻是司法審議中和司法應該審議而尚未審議的案件能否水落石出的問題。更核心的問題甚至與司法無關，而是總統是否已經失去領導能力、國政空轉以及如何挽救社會繼續向下沉淪的問題。

第三點則將槍口轉向在野黨。提出「憲法對罷免總統的高門檻設計」，而遙想「當年修憲」時的良苦用心，的確不愧是歷史人物的神來之筆。好在老百姓雖笨，還不至於笨到不了解，泛藍的罷免動作，多少是內部分歧鬥爭的結果，沒有幾個人相信罷免案眞有可能跨過那個高門檻，最多不過藉此逼宮罷了。

總而言之，四點聲明的言外之音，大概是呼籲各方團結的意思。

可是，如何團結呢？團結能解決問題嗎？弊案要不要查到底？有責任的人要不要負責到底？歷史人物好像並不太急。

五四運動以來，包括台灣在內的所有中國人，一碰到危急存亡，立刻拋出一個法寶，叫做「團結就是力量」。不但口號流行，還編了一條歌。學生運動唱，勞工運動唱，環保、反核、女權……所有社會運動到時候都唱個不了。不過，絕大多數時候，叫完口號唱完歌，團結就是內鬥的開始，力量也維持不了多久。

因此之故，報載台灣學界有一百多教授簽名，還有學生發動靜坐示威，要求總統自動辭職，敏感如我，當然立刻想到，大概又要唱歌了吧！

要不要我這個過來人來一個當頭棒喝？

歷史人物要大家團結，依我看，他眞正的意思就是叫大家既往不咎。

教授簽名和學生示威確實是民意的一種表現方式，但是，自動自發就好，團不團結實在無關宏旨。你們面對的是個律師出身，久經複雜政治鬥爭考驗的老狐狸，喊喊口號唱唱歌，嚇得倒他嗎？

台灣今天面對的眞正問題是：犯法的人能不能依法治罪？失去領導能力的領袖，現行制度能不能讓他下台？團結不是力量，制度遇到危機時，能不能發揮應有的力量，解決危機，撥亂反正，才是關鍵所在。

不打，怎麼獨立？

台灣最近的政局發展，似乎予人一種印象，獨立成了既定的不可更改的方向，而且，從官方不斷拋出的一連串動作上看起來，建國是不必流血的，只要一小步一小步往前跨，最終一定成功。

這個印象，如果不是我庸人自擾的誤解，那就太像花點零用錢買張樂透而自信必中大獎了。

「便宜」誰不想「揀」？

揀不到便宜也不至於頭破血流，這種生意當然也無傷大雅。

所以，何必緊張？

當然，「揀便宜」這三個字所代表的意思，誰都明白，不能算是高尚行爲。然而，捫心自問，誰沒有「揀便宜」的心理？但是，能不能說「凡揀便宜便罪無可恕」呢？

似乎也不必這麼緊張。

買樂透的人莫不了解，中不了大獎幾乎是理所當然，因爲中獎的機會相當於一個人一天之內連續被閃電擊中七次。所以，紐約州發行樂透獎券，用一句神來之筆的口號，既有幽默感，又有誘惑力：

「嘿，說不定呢！」（Hey, you never know!）

既然言明在先，投資人也有心理準備，則買獎券與賣獎券便都與道德是否高尚不太相干。買樂透落空因而心理變態行爲異常的人，不能說沒有，不過可以預料，這種案例產生的比率，大概也與閃電連續擊中七次差不了多少。

能不能把這個邏輯同樣應用在國家大政上面呢？

直接牽涉到千萬人生計、前途與命運的問題，跟隨意拋棄三、五十元買個三、五天空頭希望的問題，總該有點分別吧！

可是，很奇怪，台灣的選民，好像並不在乎上述兩類問題的分別，甚至可以長期縱容某些政客不時玩弄一些手法，把獨立建國大業當作樂透獎券一樣，只要眼前政治有需要，隨時可以拋出來販賣。而且，不論這種賣獎券的行爲是否造成社會脫序、經濟倒退、政治動盪，甚至達到全民生存受到嚴重傷害的地步，做這種買賣的人，卻不必負任何責任。

台灣不是號稱已經進入發達國家之林，而且是實現了理性指標的現代社會嗎？爲什麼現代社會的公民不長眼睛呢？難道現代公民的容忍標準可以超過自殺式毀滅性的政治作爲而泰然自若嗎？

獨立樂透的販賣者，資本相當雄厚，他們擁有的，不只是千萬選民的「揀便宜」心理，他們手中，還有不少歷史遺留的資產。這些資產，只要不徹底清算，永遠是無價之寶，取之不盡，用之不竭。

第一項資產叫做「人家不打，也照樣獨立了」。

例子不勝枚舉。

美國是打過的，但獨立戰爭犧牲不大，一共不過死兩萬多人。而且，同爲大英帝國殖民地的不少地方，有的只是象徵性地打了一下，如東非的肯亞、坦尚尼亞和烏干達。有的幾乎沒有打過，如加拿大、澳大利亞和紐西蘭。也有從來不號召打卻以不合作方式取得獨立建國權利的，如印度、巴基斯坦和孟加拉。

以上都是大英帝國的前殖民地。如果把法國、西班牙、德國、荷蘭等老殖民國家或美國這個新殖民國家的歷史通通拿出來檢查一下，則不打或小打而成功的例子，肯定遠超過大批人流血犧牲才倖獲成功的例子。

菲律賓不是不但不用打還收了大量金錢物資給連捧帶送地走上了獨立建國之路的嗎？此外當然還有二次大戰後成打出現的島嶼國家。

塞席爾的人口與面積相當於台灣一個小鄉鎮，人家都可以做聯合國會員國，我們爲什麼不能？仔細看一看，聯合國將近兩百個會員國，台灣的國力，排名至少應列入前三分之一。

第二項資產叫做「天賦人權」。

一個國家的主權理應由這個國家的全體人民自決，這已經是現代公民意識不可侵犯的神聖主張。

台灣的前途，應由兩千三百萬人民以民主方式自由選擇，這是連台灣的保護傘——美國，都不可能輕易放棄的基本原則，台灣的當政者，不論藍綠，當然不應違背。

何況，台灣有一大段亞細亞孤兒的悲情歷史。悲情之所以發生，正是由於沒有自主權，怎麼可能不汲取這種慘痛的歷史教訓，輕易放棄自己的主權呢？

第三項資產叫做「法律地位未定論」。

根據這個理論，台灣的法律地位，在過去幾百年歷史中，出現了一個「可貴」的空白。一八九五年《馬關條約》以前，台灣屬於大清帝國；一八九五至一九四五年，台灣的法律地位是日本殖民地。這都沒有疑問，可是一九四五年二戰結束之後的對日和約中，日本只宣布放棄台灣，並未聲明交還中國。台灣遂成爲無主之地。

既然是無主之地，則島上生活的全體居民便理應成爲這塊土地的主權擁有者。

按照以上所述歷史遺留下來的三項資產的論點，台灣自成一個獨立國家是天經地義不容置疑的。它應該隨時可以改國號、制定新憲，並申請加入聯合國，與世界各國平起平坐。

然而，不幸的是，世界上偏偏有中國這個大國迎面攔阻，不僅不讓你加入聯合國，改國號、修憲、宣布獨立，一切免談。它甚至對獨立建國論者視爲無價之寶的歷史遺留問題，有它自己完全不同的解釋。

第一，不打也能獨立嗎？它會說，加利福尼亞州如果宣布獨立，美國聯邦政府會同意嗎？加州的「國力」，恐怕不只在台灣之上，在全世界恐怕也可以列入前二十名，它要獨立，不打行嗎？

第二，所謂「天賦人權」，就是人民當家做主的權利。「當家做主」，按照中國的解釋，是個階級問題，它也許包括自人身自由到言論、集會結社等基本人權在內，但是，宣布脫離一個國家並自行組織另一個國家的權利，與「天賦人權」無關。台灣自古以來就是中國的神聖領土。獨立是分裂國家的罪行。台灣的悲情，正因爲中國被人欺侮，台灣分裂出去，就是整個中國歷史屈辱的持續。

第三，台灣「法律地位未定論」不過是狡辯，不過是台獨論者政治野心的託辭。台灣的法律地位，不要說《開羅宣言》、《波茨坦協定》早有定論。聯合國連國家流失的文物都有追討歸還的規定，何況台灣。

所以，無論如何辯論，台灣島上兩千三百萬人眞正面對的，其實還是一個實力問題。目前雖藉美、日保護傘，勉強維持實質獨立的現狀，長期看，不打是永遠不可能獨立的。

從李登輝、陳水扁到呂秀蓮，從台聯小卒到獨派大老，有誰曾經公開主張並身體力行「決死一打」的主張？

從來不談打，也不準備打，卻要人相信可以獨立建國，跟花五十元新台幣而夢想發億萬橫財，有什麼不同？

「嘿，說不定呢！」

魔咒籠罩台灣？

台灣一位老朋友來信，對當前的政治分歧、社會亂象和經濟低迷表達了前所未有的憂心，甚至說出了這樣一句語重心長的話：「這是不是個被詛咒的地方？」

這個問句其實是個肯定語氣，只不過，生活在海外的我，不太能感受那種迫切性。

海外關心台灣和兩岸問題的人不少，而且絕不限於來自台灣的移民和留學生。當然，即便來自台灣，無論在美國住了多少年，台僑的政治取向，仍免不了反映台灣目前的政治板塊，因此，如果說台灣被詛咒了，海外這些無法擺脫台灣鄉土情結的靈魂，多少也被魔咒籠罩。台灣島內的人也許不知道，海外還有不少非台灣人，對他們從未去過或偶爾訪問的「寶島」，也一樣有著莫名其妙的情結。舉例說，八九年逃亡海外的民運人士，除了一部分已經心灰意冷的，絕大多數都每天眼睜睜盯著倒扁挺扁的新聞，希望從這種派別紛爭不斷、群眾運動變化萬千的「民主實踐」中，反省過去，展望未來。與民運扯不上任何關係的大陸移民和留學生，基於民族感情或其他理由，也有很多人關心台灣的政局，他們也許倖免於台灣的魔咒，卻無法對中國人百多年來的魔咒置身事外。無論如何，在這批大陸人的心中，台灣的悲情，就是中國的悲情，台灣的恥辱，就是中國的恥辱，兩者是不可分的。

海外關心台灣的人，固然無法與島上同胞一樣感同身受，但隔著這麼遠的距離，或者也有點好處，我們比較容易冷靜，可以看遠一點，看寬一點。

首先需要辨別的是，台灣是不是到了「革命階段」？動輒就有幾十萬上百萬人走上街頭的社會，是不是「革命社會」？

研究「革命理論」的政治學者，對於某一社會是否到達「革命階段」，往往提出一個判斷的標準，叫做「苦難化的程度」（the level of miserization）。這個標準所涉及的內涵，包括政治、社會和經濟等不同的個別和混合的指標，雖然無法進行科學的數位測量，但這些指標所透露的資訊，可以協助觀察。

在加州大學做研究生的時候，我對近代中國掀起燎原大火的農民運動發生興趣，仔細讀過英國經濟史學者R.H. Tawney的著作《中國土地勞工問題》（*Land and Labor in China*）。至今我的資料櫃中還留著一張卡片，上面摘錄了這麼一句：「有些地區，農村居民的地位有如一個永遠站在齊頸水深裡的人，因此，即使是一點點小水波都足以淹死他。」Tawney研究的對象是二〇年代的中國農村和城市，尤其是其中的底層社會。他曾經這樣評論：「一九一一年的革命是布爾喬亞作業。農民革命即將來到。如果農民的統治者繼續剝削他們，或任由他們受到迄今為止所受到的如此殘酷的剝削，結果可能不會太愉快，（這樣的發展）也許不見得不合理……。」

歷史的發展完全符合這一預言。

一九二三年，廣東海豐縣一位大地主的兒子，日本早稻田大學的留學生，在家鄉組織了中國有史以來第一個農民協會。同年十一月，他邀請附近農民來看戲，當場將所有田契焚毀，農會從此如燎原野火，燒遍全中國。這個人名叫彭湃，一九二七年八月三十日被蔣介石槍斃於上海龍華警備司令部，終年三十三歲。

從第一個農民協會成立到中共正式建立自己的武裝部隊，一共不過四年。從中共建軍到當時代表資產階級利益的國民黨退出大陸，一共二十二年。這二十六年的中國，是個不折不扣的「革命社會」。在這樣的「革命社會」裡，民主機制是不可能存在的。社會主要矛盾只能用暴力手段解決。

革命社會有幾個特點：人民的苦難程度深化而普遍；社會基本矛盾缺乏合理解決機制；社會菁英形成誓不兩立的敵對集團。

台灣不是這樣的社會，至少現在還不是。

但台灣也不是個成熟的民主社會。

針對台灣的現狀，一個成熟的民主社會至少應有以下幾個特點。

第一，它不能只有民主的理念，甚至不能只有具體而微過於粗糙的民主體制。民主政制的操作精細而複雜，而且，社會利益越雜，社會分工越細，操作體制也應相應複雜化、精密化。民主政治哲學最核心的思想在於對人性的完全不信任。對於任何可能出現的濫權、貪腐行爲，成熟的民主制度一概採取防官如防賊的態度；

第二，成熟的民主社會是個不同社群的利益趨向基本調和的社會。美國六〇年代發生的種族矛盾幾乎徹底推翻它建國將近二百年的體制。這個體制至今屹立未倒，主要由於統治階層作出必要的妥協，被統治階層同時對暴力反叛手段有一定的抑制。就這一點而言，說馬丁·路德·金恩博士等於是美國的第二位國父也不爲過；

第三，成熟的民主社會必須在國家目標上取得共識。沒有共同的國家目標，即便建立了完備精密的作業系統，也一樣無效。

通過以上分析，讓我們回頭來看看「魔咒」問題。

我個人覺得，目前台灣彷彿大難將至的亂象，其實是走向成熟民主政制的過渡期現象。這是以前沒有完成而在現實逼迫之下必須立即進行修補的重要工作。

針對前述成熟民主社會的三個特點，台灣目前其實有比倒扁肅貪意義更爲長遠的任務。民主體制的作業系統有待完善，族群矛盾必須解決，國家目標更應力求統一，這三項任務缺一不可。就此而言，陳水扁所代表的一切不過是病徵，施明德掀起的巨浪正是歷史難能可貴的契機，我們何不好好珍惜。

文學叢書 148

晚晴

作　　者	劉大任
總 編 輯	初安民
責任編輯	丁名慶
美術編輯	許秋山
校　　對	吳美滿　丁名慶　劉大任
發 行 人	張書銘
出　　版	INK印刻出版有限公司 台北縣中和市中正路800號13樓之3 電話：02-22281626 傳真：02-22281598 e-mail:ink.book@msa.hinet.net
網　　址	舒讀網http://www.sudu.cc
法律顧問	林春金律師
總 代 理	展智文化事業股份有限公司 電話：02-22533362・22535856 傳真：02-22518350
郵政劃撥	19000691　成陽出版股份有限公司
印　　刷	海王印刷事業股份有限公司
出版日期	2007年 3 月　初版
ISBN	978-986-6873-11-9

定價　260元

國家圖書館出版品預行編目資料

晚晴／劉大任 著.－－初版，
－－臺北縣中和市：INK印刻，
2007〔民96〕面；　公分（文學叢書：148）

ISBN 978-986-6873-11-9（平裝）

855　　96003131

INK INK INK INK INK INK I
K INK INK INK INK INK INK
INK INK INK INK INK INK I
K INK INK INK INK INK INK
INK INK INK INK INK INK I
K INK INK INK INK INK INK
INK INK INK INK INK INK I
K INK INK INK INK INK INK
INK INK INK INK INK INK I
K INK INK INK INK INK INK
INK INK INK INK INK INK I
K INK INK INK INK INK INK
INK INK INK INK INK INK I
K INK INK INK INK INK INK
INK INK INK INK INK INK I
K INK INK INK INK INK INK
INK INK INK INK INK INK I
K INK INK INK INK INK INK
INK INK INK INK INK INK I
K INK INK INK INK INK INK
INK INK INK INK INK INK I
K INK INK INK INK INK INK
INK INK INK INK INK INK I
K INK INK INK INK INK INK
INK INK INK INK INK INK I